大字清晰版

基礎日本語

趙福泉／著

◆ 詳細解析：自他動詞對應關係、常用100組詞彙 ◆

適用中、高級

自他動詞

笛藤出版
DeeTen Publishing

前言

本書是學習日語的參考書，是學習日語的讀者與日語教師的工具書。

我們在學習日語的過程中，有時對一些形態、意義近似的單字，無法很清楚地理解，容易混淆不清，因而在使用中出現錯誤。例：儲(もう)ける、儲(もう)かる形態很像，也都含有**賺錢**的意思；決(き)める、決(き)まる形態近似，都含有**決定**的意思，但我們使用時，往往會誤用。之所以用錯，主要是由於沒有搞清楚這類動詞的自他關係，所以用錯了助詞等。另外有時會有兩三個以上形態相近的動詞，這樣一來便更容易混淆。例如伝(つた)う、伝(つた)わる、伝(つた)える它們形態近似，都含有**順著**的意思，但適用的場合不同；抜(ぬ)かる、抜(ぬ)ける、抜(ぬ)く、抜(ぬ)かす，也不容易搞清楚它們的意義、用法。它們主要除了意思稍有不同外，自他動詞的對應關係也是不同的。在使用時必須分清它們之間的關係。為了解決這些問題，本書就一些常用的自他動詞，從它們的意義、用法以至它們之間的自、他動詞關係（如是否對應）做些說明，來幫助讀者提高詞彙的理解能力與使用能力。

日語的動詞從自他動詞這一角度來看，有以下幾種類型：

1 只有自動詞，而沒有與它對應的他動詞，如死(し)ぬ（自）、できる（自）、痩(や)せる（自）、聳(そび)える（自）都屬於這類動詞。或者只有他動詞，而沒有與它對應的自動詞，如殴(なぐ)る（他）、食(た)べる

（他）、訪ねる（他）也屬於這類動詞。

2 同一形態的自他動詞，即一個既是自動詞也是他動詞的動詞。如吹く（自他）、伴なう（自他）、訪れる（自他）都屬於這類動詞。

3 相對應的自他動詞，即語幹相同，而語尾不同的動詞。它們之間，只有自他的不同，在意思上沒有很大的差別。如燃える（自）與燃やす（他）、終わる（自）與終える（他）、倒れる（自）與倒す（他）都是相對應的自他動詞，它們語幹不同，但也是相對應的，即自動詞用が，他動詞則可以用助詞を表示大致相對應的意思。如仕事が終わる與仕事を終える、ラジオが壊れる與ラジオを壊す，這時的終わる與終える；壊れる與壊す是相對應的。有時相互對應的自他動詞，它們的用法，卻是不對應的，如可以說記録を破る，而不能說記録が破れる；可以說腹を壊す，不能說腹が壊れる，這種情況是不相對應的。

本書只就第3類相對應的自他動詞做說明，篇幅有限只收錄常用的自他動詞100例。

自他動詞相對應的關係，從它們的含義來看，有下列幾種類型：

1 自動詞具有「被動」含義的自他動詞。如掛ける（他）與掛かる（自）、決める（他）與決まる（自）、広める（他）與広まる（自），上述自他動詞中的自動詞都含有被動的意思。

2 自動詞具有「可能」含義的自他動詞。如儲ける（他）與儲かる（自）、上げる（他）與上がる（自）、植える（他）與植わる（自），上述自他動詞中的自動詞都含有可能的意思。

3他動詞具有「使…」含義的自他動詞。 如会う（自）與会わす（他）、生きる（自）與生かす（他）、乾く（自）與乾かす（他），上述自他動詞中的他動詞都含有使…的意思。

4其他關係的自他動詞。 如抜く（他）與抜ける（自）、塞ぐ（他）與塞がる（自）等，這類動詞不屬於上述三種類型。

本書在說明每一組自他動詞的過程中，都適當地將上述自他動詞所具有的含義作說明，以便深入理解。

在說明過程中，除了舉出正確的例句進行說明外，有時還舉出了錯誤例子（句子前標有×的符號），從反面加以比較，以便讀者使用時有所借鑑。

自他動詞在我們學習日語時，很容易混淆不清，編者為了釐清它們的關係在本書中作了初步的說明，但由於水平有限，或許會有一些不足或錯誤，還望讀者指正。

編　者　趙福泉

基礎日本語 自他動詞

前言 ‥‥‥‥‥‥‥‥‥‥‥‥‥‥‥‥‥‥‥‥‥‥‥‥‥‥‥ 3

◉ あ ‥‥‥‥‥‥‥‥‥‥‥‥‥‥‥‥‥‥‥‥‥‥‥‥‥ 19

1 あう、あわす ‥‥‥‥‥‥‥‥‥‥‥‥‥‥‥‥‥‥ 19

2 あう、あわさる、あわす ‥‥‥‥‥‥‥‥‥‥‥‥ 21

3 あがる、あげる ‥‥‥‥‥‥‥‥‥‥‥‥‥‥‥‥ 24

4 あける、あく ‥‥‥‥‥‥‥‥‥‥‥‥‥‥‥‥‥ 29

5 あずける、あずかる ‥‥‥‥‥‥‥‥‥‥‥‥‥ 32

◉ い ‥‥‥‥‥‥‥‥‥‥‥‥‥‥‥‥‥‥‥‥‥‥‥‥‥ 35

6 いいつける、いいつかる ‥‥‥‥‥‥‥‥‥‥‥ 35

◉ **お**

15 おきる、おこる、おこす ………………………………… 63

63

14 うる、うれる ……………………………………………… 60

13 うまれる、うむ …………………………………………… 58

12 うつす、うつる …………………………………………… 54

11 うずめる、うずまる、うずもれる ……………………… 50

10 うける、うかる …………………………………………… 49

9 うかぶ、うく、うかべる、うかす ……………………… 43

8 うえる、うわる …………………………………………… 41

◉ **う**

41

7 いきる、いかす …………………………………………… 36

◎ か

21 かくす、かくれる ……… 84

22 かける、かかる ……… 86

23 かわく、かわかす ……… 94

24 かわる、かえる ……… 96

25 かわる、かえる ……… 99

84

16 おしえる、おそわる ……… 67

17 おちる、おとす ……… 69

18 おりる、おろす ……… 74

19 おる、おれる ……… 77

20 おわる、おえる ……… 80

◉ き

26 きえる、けす ……………… 101

27 きく、きこえる ……………… 104

28 きめる、きまる ……………… 108

29 きる、きれる ……………… 112

◉ く

30 くれる、くらす ……………… 117

◉ こ

31 こえる、こす ……………… 121

32 ころがる、ころげる、ころぶ、ころがす、ころばす ……………… 125

33 こわす、こわれる ……………… 130

101

117

121

◎ さ

34 さく、さける …… 133

35 さげる、さがる …… 136

36 さずける、さずかる …… 140

37 さめる、さます …… 142

◎ し

38 しずむ、しずめる …… 145

39 しる、しれる …… 148

◎ す

40 すむ、すます …… 150

◎ そ ……… 154

41 そだてる、そだつ ……… 154

42 そなえる、そなわる ……… 155

43 そめる、そまる ……… 158

44 そろえる、そろう ……… 160

◎ た ……… 164

45 たおす、たおれる ……… 164

46 たかめる、たかまる ……… 166

47 だす、でる ……… 168

48 たすける、たすかる ……… 173

49 たつ、たてる ……… 176

◎ **ち**

50 ちがう、ちがえる …… 182

51 ちかづく、ちかづける …… 184

52 ちぢむ、ちぢまる、ちぢれる、ちぢめる、ちぢらす …… 187

53 ちる、ちらばる、ちらかる、ちらす、ちらかす …… 191

◎ **つ** …… 197

54 つかむ、つかまえる、つかまる …… 197

55 つたう、つたわる、つたえる …… 201

56 つづく、つづける …… 206

57 つぶす、つぶれる …… 209

◉　て

58　てる、てれる、てらす ……………………………… 213

◉　と

59　とく、とかす、とける ……………………………… 217

60　とどまる、とどめる ………………………………… 220

61　とまる、とめる ……………………………………… 223

62　とらえる、とらまえる、とらわれる ……………… 227

◉　な

63　なおす、なおる ……………………………………… 231

64　ながれる、ながす …………………………………… 233

213　213　217　217　220　223　227　231　231　233

◉ ぬ ……… 252

71 ぬぐ、ぬげる ……… 257

70 ぬかる、ぬける、ぬく、ぬかす ……… 252

◉ に ……… 246

69 にごる、にごす、にごらす ……… 249

68 にげる、にがす ……… 246

67 ならぶ、ならべる ……… 243

66 なれる、ならす ……… 239

65 なくす、なくなる ……… 236

◉ ね

72 ねる、ねかす …………… 260

◉ の

73 のこる、のこす …………… 263
74 のびる、のばす …………… 266
75 のる、のせる …………… 270

◉ は

76 はいる、いれる …………… 276
77 はえる、はやす …………… 280
78 はがす、はぐ、はげる …………… 282

276

263

260

◎ へ

84 へる、へらす 301

へ 301

83 ふさぐ、ふさがる 297

82 ふえる、ふやす 296

◎ ふ 296

81 ひろげる、ひろめる、ひろがる、ひろまる 291

◎ ひ 291

80 はずす、はずれる 287

79 はじめる、はじまる 286

● ま

85 まける、まかす、まかる ………………………… 304

86 まげる、まがる ………………………………………… 307

87 まじる、まざる、まぜる ………………………… 310

88 まじわる、まじえる ……………………………… 313

89 まわる、まわす ………………………………………… 316

● み

90 みつける、みつかる ……………………………… 321

91 みる、みえる ……………………………………………… 323

92 みだす、みだれる ……………………………………… 326

● み ………………………………………………………………………… 321

◉ **ゆ**

100 ゆるめる、ゆるむ ……………………………… 355

355

◉ **や**

99 やめる、やむ ……………………………………… 351

98 やぶる、やぶく、やぶれる、やぶける …… 346

97 やく、やける ……………………………………… 343

343

◉ **も**

96 もれる、もる、もらす …………………………… 338

95 もつ、もてる、もたせる ……………………… 334

94 もえる、もやす …………………………………… 331

93 もうける、もうかる ……………………………… 329

329

◎ あ

1 あう、あわす

① あう（会う）（自、五）——

1 表示有意識地會見、見某一個人。

● 明日の晩、友だちと会うことになっている。
／明天晚上準備見一位朋友。

● 誰が来ても今日は会わない。
／今天誰來也不見。

2 表示偶然遇見了某一個人。

● 学生時代の友人と道で偶然会った。
／偶然在路上遇見了學生時代的朋友。

3 表示偶然遇到了某種意外情況。

● 夕立に会ってすっかり濡れてしまった。

／遇到了暴雨，身體全淋濕了。

● 交通事故に会って約束の時間に遅れた。

／遇到了交通事故，比約定的時間晚到了。

② **あわす**（会わす）（他、五）

它是由自動詞会う後接使役動詞せる構成的会わせる變化而來的，仍含有使…的意思。它只與会う1-1的用法相對應，表示有意識地使…會見、讓…見某一個人。

● 大事な用事があるから、社長さんに会わしてください。

／我有重要的事，請讓我見一見社長。

● 田中先生の古い友だちだから、先生に会わしてやりました。

／他是田中老師的老朋友，所以我讓他與老師見面了。

× 道で偶然に友だちに会わしましょう。

× 偶然夕立に会わした。

表示偶然遇見時，不能用会わす，因此下面的句子不通。

2 あう、あわさる、あわす

三詞的漢字都寫作合字。都含有合在一起的意思，但自他關係不同，適用場合也不同。

1 あう（合う）（自、五）

● 性格・意見が合わない。
/性格・意見不合。

● 計算・調子が合わない。
/計算・步調不合。

● この靴は私の足に合わない。
/這雙鞋不合我的腳。

● 私の時計は合っていない。
/我的錶不準。

2 あわさる（合わさる）（自、五）

它也是自動詞，但與合う含義稍有不同，適用的場合也不同。它表示兩種形狀、大小相同的東西合、吻合或加在一起。

●　貝がらがぴったりと合わさっている。
／貝殼緊緊閉闔著。

●　社殿の前に出ると自然と手が合わさる。
／來到神社大殿前，自然地就合起掌來了。

●　二人の持っている金は合わさっても一万円しかない。
／兩個人的錢，加在一起也只有一萬日幣。

③　**あわす**（合わす）（他、五）

它是由自動詞合う後接使役助動詞せる構成的合わせる變化而來，仍含有使的意思。

1　與合う的用法相對應，表示…符合、使…對準。例如：

●　計算・調子を合わす。
／核對計算・照著步調。

● 足に合わして靴をつくる。
／照著腳（的大小）做鞋子。

● 目に合わして眼鏡を買った。
／照著眼睛（的度數）買了眼鏡。

● 時計を合わしてから出かけた。
／對準了手錶的時間後才出門。

2 與自動詞合わさる用法對應，表示使兩種形狀、大小相同的東西合在一起或兩者

加在一起。例如：

● 薄い板を三枚合わしてベニヤ板を作る。
／把三塊薄板合在一起做成合板。

● 千恵子は社殿の前で手を合わして拝んだ。
／千恵子在神社大殿前合掌參拜。

● ガスと電気の料金を合わすと毎月五千円ぐらいになる。
／瓦斯費和電費加在一起，每個月要五千日圓左右。

歸納起來，三者的對應關係如下：

合う（自）
合わさる（自）
合わす（他）

時計が〜。
手が〜。
時計を〜。
手を〜。

對應　對應

3 あがる、あげる

① あがる（上がる）（自、五）

1 表示場所的移動，即動作主體從下面移動到上面去。動作主體既可以是人也可以是物。相當於國語的上、升。

● 部屋・二階・壇・陸に上がる。
／進入房間・上二樓・上講台・登陸。

● 人々は船から陸に上がった。
／人們從船登上了陸地。

● あの棋士は最近Ａ級に上がった。

2 表示動作的向上，動作主體多是人身體的某一部分。相當於國語的舉（手）、抬（頭）等。

● 一斉に手が上がった。
／一起舉起了手。

● 先生には頭が上がらない。
／在老師面前抬不起頭。

3 表示某一活動、情況完了。動作主體多是物，個別時候也可以是人。相當於國語的完。

● 仕事が思ったより早く上がった。
／工作結束得比預期早。

● 雨が上がった。
／雨停了。

／那位棋士最近升到了A級。

● 右肩が少し上がっている。
／右肩有點偏高。

● 歓声が上がった。
／爆出了歡呼聲。

● 風呂から上がった。
／洗完了澡。

4 用於抽象比喻，表示上升，動作主體多是抽象的東西。例如：

● 熱・気温・値段・物価・家賃・成績・実力が上がる。
／體溫・氣溫・價格・物價・房租・成績・實力上升了。

● バスの料金が来月から上がるそうだ。
／聽說公車運費下個月漲價。

● 勉強しないから成績が上がらないのだ。
／因為不用功，所以成績進步不了。

② **あげる**（上げる）（他、下一）——

它是與自動詞上がる相對應的他動詞。

1 與上がる1-1的用法相對應，表示場所的移動，即從下面將某種東西移到上面去。

這時的動作主體一般是人，而動作對象多是物，個別時候是人。相當於中文的把⋯搬上去，或適當地翻譯。

● 積み荷を船から陸に上げる。

／把船上的貨搬到陸地上來。

● 錨を上げる。

／起錨。

● お客さんを座敷に上げなさい。

／把客人請到客廳裡來。

2 與上がる 1-2 的用法相對應，表示動作的向上。動作主體一般是人，動作對象是人身體的一部分。相當於舉（手）、抬（頭）等。

● 一斉に手を上げる。

／一齊舉起了手。

● 下ばかり見ないで、頭を上げなさい。

／不要一直看下面，把頭抬起來。

3 與上がる 1-3 的用法相呼應時，表示做完、完，有時可以對應使用，有時則不行。

● 仕事を思ったより早く上げた。

／比預期早把工作完成了。

● ワッーと歓声を上げた。

／「哇！」的一聲爆出了歡呼聲。

下面這兩個句子的動詞用上がる通，用上げる則是不通的。

○風呂から上がる。（×風呂から上げる。）

○雨が上がる。（×雨を上げる。）

4 也用於抽象比喻，與上がる 1-4 的用法相對應，這時是完全對應。相當於提高的意思。

● 値段・物価・家賃・成績・実力を上げる。

／提高價格・物價・房租・成績・實力。

● 政府は税金を上げないと言っている。

／政府說不會提高稅金。

● 月給を上げてくれないとやっていけない。

／不提高工資是生活不下去的。

4 あける、あく

1 あける（開ける、空ける、明ける）（他、下一）

1 寫作開ける時，表示打開關閉著的東西。

● 窓・戸・ふすま・障子・幕を開ける。
／打開窓子・門・隔扇・拉門・幕。

● 袋・封筒・罐詰め・本を開ける。
／打開袋子・信封・罐頭・書。

● 目・口を開ける。
／睜開眼睛・張開嘴。

● 彼は玄関の戸を開けて入った。
／他打開大門，走了進去。

● デパートは九時に開けます。
／百貨公司九點開門。

2 寫作空ける時表示鑿洞；或者空出、騰出某一空間、某一時間。

● 穴を空ける。
／鑿洞、穿洞。

● 鼠が壁に穴を空けた。
／老鼠在牆上鑿了個洞。

● 家・部屋・席・入れもの・バケツを空ける。
／騰出家・房間・座位・盒子・桶子。

● あの席を空けてください。
／請把那座位騰出來。

● 日曜日・午後・晩を空ける。
／把星期天・下午・晚上（的時間）空出來。

3 **寫明ける時，表示特定時間、期間完了，進入下一個時間、期間。要依情況適當翻譯。**

● 夜・年・休暇が明ける。
／天亮。過年。休完假了。

● 梅雨が明ける。

② **あく**（開く、空く）（自、五）

1 寫作開く，與開ける1-1的用法相對應，表示關閉著的東西開著。

● 窓・戸・障子が開いている。
／窗子・門・拉門開著。

● 目が開いている。
／眼睛睜著。

● デパートは九時にならないと開かない。
／百貨公司不到九點不開門。

2 寫作空く，與空ける1-2的用法對應，表示破了洞；或某一場所、某一時間空著。

● 夜が明けると、みな出かけた。
／天一亮，大家就出發了。

● 年が明けると、すぐ新しい仕事を始める予定です。
／我打算一過完年，就投入新工作。

／梅雨季結束了。

● 壁に穴が空いている。

／牆上破了個洞。

● 電車が込んでいて、空いた席はありません。

／電車裡很多人，沒有空的座位。

● ちょっと用事があるんですが、今晩は空いていますか。

／我有點事，你今晚有空嗎？

它沒有與明ける1-3相對應的用法，因此下面的說法是不通的。

× 夜が明いた。　　（○夜が明けた。）

× 梅雨が明いた。　（○梅雨が明けた。）

5 ─ あずける、あずかる

① あずける（預ける）（他、下一）──

一般用Ⓐは Ⓑに Ⓒを預ける句型，表示某人Ⓐ將某人或東西Ⓒ寄放在Ⓑ那裡。相當於存、寄放。

● 家内が働くために、毎日子供を近所の人に預けている。
／我的妻子為了工作，每天將孩子託給鄰居照顧。

● お金を銀行に預ける。
／把錢存在銀行裡。

● 荷物を駅前の預かり所に預けた。
／把行李放在車站前的寄物處。

② **あずかる**（預かる）（自、五）

有的學者認為它是他動詞，但本書採用佐久間鼎教授的說法，認為它是與他動詞預ける相對應的自動詞。但它和一般的自動詞不同，可以用～を預かる，構成Ⓑ是（Ⓐから）Ⓒを預かる或Ⓒは Ⓑが預かる句型，表示Ⓑ保管Ⓒ，或者Ⓒ由Ⓑ保存。

● あの家は近所の子供たちを預かっている。
／那家人受託照顧附近的孩子們。

● 銀行はいくらでもお金を預かってくれます。
／不管多少錢銀行都會代為保管。

● 大金なので誰も預かってくれません。
／因為是筆大錢，誰也不肯幫忙保管。

● 貴重品はホテルが預かります。
／旅館幫人保管貴重物品。

● 荷物を預かるところはどこですか。
／寄放行李的地方在哪呢？

◉い

6 いいつける、いいつかる

這兩個詞是自、他對應的關係，但與一般的自他動詞稍有不同。

1 いいつける（言い付ける）（他、下一）——

一般用Ⓐ是Ⓑに Ⓒを言い付ける句型，表示上級或長輩Ⓐ吩咐下級、晚輩Ⓑ做某事Ⓒ。意同於吩咐。

● 社長さんは秘書の野村君に電話をかけるように言い付けた。
／社長吩咐野村秘書打電話。

● もう子供に魚を買ってくるように言い付けた。
／我已經吩咐孩子去買魚了。

● 家を出るとき、机の上のものを動かしてはいけないと子供に言い付けた。
／我出門的時候，吩咐了孩子不要動桌子上的東西。

② いいつかる（言い付かる）（自、五）

有的學者認為它是他動詞，但本書採用佐久間鼎教授的說法，認為它是與他動詞言いつけ（言いつける）相對應的自動詞。但它與一般的自動詞不同，可以用～を言いつかる，一般構成Ⓑは（Ⓐから）Ⓒを言い付かる句型來用。表示Ⓑ受到Ⓐ的吩咐去做某事Ⓒ。相當於中文的受到吩咐、被吩咐。

- 彼は社長から大事な仕事を言い付かった。
  /他受到社長吩咐去做一件重要的事。

- 子供は買い物を言い付かったので出掛けた。
  /孩子被吩咐外出買東西去了。

- たくさん仕事を言い付かっているから、とても忙しい。
  /我被派了很多工作所以很忙碌。

- 言い付かった事を忘れてしまった。
  /我把被吩咐的事情完全忘了。

---

7 いきる、いかす

1 いきる（生きる）（自、上一）

1 用Ⓐは生きる句型，表示人或其他動物活著。

● おじいさんは八十歳まで生きるだろう。
／爺爺能活到八十歳吧。

● 水がなくては魚は生きることができない。
／沒有水魚是活不了的。

● 生きている間に、この仕事を完成せねばならない。
／在我活著的時候，就必須完成這項工作。

2 用Ⓐは Ⓑに生きる句型，表示某人Ⓐ在某種事業、環境Ⓑ中生活著。意同生活、活，或適當地翻譯。

● それは苦難に生きた十年間であった。
／那是充滿苦難的十年。

● 彼は文学一筋に生きていた。
／他一心專注在文學上。

它雖是自動詞，但這一用法可以與Ⓒを生きる通用，表示生活在Ⓒ或Ⓒ年。

● 現代を生きる。
／生活在現代。

● 二十世紀を生きる。
／生活在二十世紀。

● 人生を生きる。
／度過一生。

3 用Ⓐが（は）生きる句型，表示書畫、文章等顯得有生命力。相當於國語的靈活、生動。

● この虎の絵は生きている。
／這幅老虎的畫，描繪得栩栩如生。

● 文章が生きている。
／文章很生動。

● この場所に飾ると、同じ掛軸も生きてくる。
／同一幅畫，掛在這裡就生動了。

4 用Ⓐが（は）生きる，表示Ⓐ還活著、有用。

● 開拓者の精神は今なお生きている。
／創立者的精神，現在仍然持續存在著。

● あなたのこれまでの苦労はいつか必ず生きるでしょう。
／你過去的辛勞，早晚一定會有所幫助的。

● 古い法律はまだ生きている。
／舊的法律還是有其效力的。

② いかす（生かす）（他、五）

　它是與自動詞生きる相對應的他動詞，含有生きさせる（使…活著）的意思。它基本上與生きる的用法相對應。

1 與生きる 1-1 1-2 的用法相對應，表示使…活。

● お医者さんが瀕死の病人を生かした。
／醫生把瀕死的病人救活了。

● 取った魚を水の中に入れて生かしておきましょう。
／把抓來的魚放到水裡養吧！

2 與生きる 1-3 1-4 的用法相對應，表示充分利用、活用。

● このお金を生かして使いたい。
／我想充分利用這筆錢。

● せっかくのチャンスを生かそう。
／抓住這難得的機會吧。

● 廃物を生かして利用しよう。
／活用這些廢棄物吧！

● 料理は材料を生かすことが大切だ。
／活用食材做菜是很重要的。

◎う

8 ｜ うえる、うわる

① うえる（植える）（他、下一）——

表示栽、植花草樹木等各種植物。相當於中文的栽、栽種、栽植。

● 清明の日には木を植えることになっている。
／按照習慣清明節這天要種樹。

● トマトの苗を畑に植える。
／把番茄種到田裡。

● 「たうえ」というのは水田に育てた稲の苗を植えることである。
／所謂「插秧」，就是將培育起來的秧苗種在水田裡。

引申於抽象比喩，表示將某思想、想法灌輸到人的頭腦裡。相當於國語的灌輸、培養、培育等。

● 子供の時代から愛国主義思想を植えた方がいい。

● ／最好從孩童時期，就培養其愛國主義的思想。

● 科学教育は子供に科学的な考え方を植えつけるためである。
／科學教育是為了，培養兒童具備科學性思考而存在的。

② うわる（植わる）（自、五）

它與他動詞植える的用法相對應，含有植えられる（可能、被動）的意思，表示栽種花草、樹木或莊稼等，這時的主語多是被栽種的東西。例如：

● 庭のまわりには木がたくさん植わっている。
／院子的周圍，栽種著許多樹。

● 水田のなかに稲の苗が見事に植わっている。
／水田裡整整齊齊地插著秧苗。

也可用於抽象比喻，表示培養起某種精神、思想。例如：

● 学生たちはみな労働意欲が植わっていた。
／學生們的工作意願都被喚醒。

● 子供たちは小さいときから親孝行の思想が植わっている。
／從小培養孩子們孝順的思想。

9 うかぶ、うく、うかべる、うかす

四個詞的漢字都是浮字，但意思與適用場合不同，自、他動詞對應關係比較複雜。

① うかぶ（浮かぶ）（自、五）

1 表示某種物體在水中、空中漂浮。

● 船が海に浮かんでいる。
／船在海裡飄浮著。

● 花が水に浮かんで流れていく。
／花兒飄在水上流走。

● 青い空に白い雲が浮かんでいる。
／在蔚藍的天空裡，漂浮著白雲。

2 表示在臉上露出某種表情；或在頭腦裡浮現出某種事情。

● 彼女の口元にほほえみが浮かんだ。
／她的嘴角露出了微笑。

● 昔のことが頭に浮かんだ。

／從前的事浮現在腦海中。

● 涙が目に浮かんできた。

／眼裡湧出淚水。

3 表示擺脫某種困境。

● 今度は私も浮かぶことができるでしょう。

／這次我可以擺脫困境了吧。

● 今度失敗したら彼は一生浮かばれないだろう。

／這次若失敗了，他一輩子也翻不了身了吧。

4 用浮かばれる表示死去的人得到安慰、瞑目。

● 手厚い供養で亡者も浮かばれる。

／獻上豐盛的供品，告慰死者在天之靈。

● これでは死者も浮かばれないだろう。

／這樣死者會不瞑目的。

② うく（浮く）（自、五）

它雖也是自動詞，但與浮かぶ稍有不同。

1 它是沈む（下沉）的反義詞，因此它的基本含義表示自下往上飄上來。

● 海の上に小さい船が二三艘浮いている。
／在海上漂浮著兩三艘小船。

● 油が海にいっぱい浮いている。
／在海面上漂浮著大片油污。

● 青い空に白い雲が浮いている。
／在蔚藍的天空中漂浮著白雲。

2 引申用來表示時間、經費等有餘、多餘。

● お金が相当浮いた。
／錢剩了滿多。

● たばこをやめると、月五千円は浮く。
／戒菸的話，每個月可多省五千日元。

3 作為慣用語來用。

● 歯が浮く。

／①牙齒鬆動。②肉麻噁心。

● 気が浮かない。

／不高興。

● 浮かない顔をしている。

／他擺著一副臭臉。

③ うかべる（浮かべる）（他、下一）

它是與自動詞浮かぶ相對應的他動詞。

1 與浮かぶ[1-1]的用法相對應，表示使某種東西漂浮在水裡、空中。

● 子供たちは小さな船を浮かべて遊んでいる。

／孩子們讓小船漂在水上玩著。

● 白い雲をひとつ浮かべて、秋の空はどこまでも青い。

／飄著一朵白雲，秋季的天空無限晴朗。

2 與浮かぶ[1-2]的用法相對應，表示某種表情出現在臉上，或使某種事情出現在腦海裡。

● 彼女は口元にほほえみを浮かべて私に言った。
／她嘴角露出微笑對我說了。

● それを見ると、頭の中に昔のことを思い浮かべた。
／看到了那種情景，我腦海中浮現了從前的事。

● あなたの言葉をたびたび胸に浮かべて勉強しています。
／我經常想起你講的話，而努力用功著。

● 彼女は目に涙が浮かべて言った。
／她眼裡含著淚說了。

× これでは死者も浮かべないだろう。

× 今度は私も浮かべることができるだろう。

它沒有與浮かぶ 1-4 相對應的說法，因此下面的說法是不通的。

④ **うかす**（浮かす）（他、五）──

它是與自動詞浮く相對應的他動詞。

1 與自動詞浮く 2-1 的用法相對應，表示使某種東西在水中、空中漂浮。

- おもちゃのボートを池に浮(う)かして遊(あそ)ぶ。
／讓玩具小船漂在水池裡玩。

- 模型(もけい)の軍艦(ぐんかん)を池(いけ)に浮(う)かす。
／讓軍艦模型漂浮在水池裡。

2 與自動詞浮(う)く 2-2 的用法相對應，表示使金錢、時間多剩下來。可譯作省出、騰出等。

- 小遣(こづか)いを浮(う)かして参考書(さんこうしょ)を買(か)った。
／用多餘的零用錢買了參考書。

- 費用(ひよう)を浮(う)かして貯蓄(ちょちく)をした。
／省下了多餘的費用，把錢存了起來。

- 時間(じかん)を浮(う)かして故郷(ふるさと)へ帰(かえ)った。
／騰出時間，回了一趟老家。

但作為慣用語來用時，不用〜を浮(う)かす
× 歯(は)を浮(う)かす。
× 気(き)を浮(う)かさない。

四詞的對應關係，歸納起來大致如下：

浮かぶ（自）　　ほほえみが〜。

浮く（自）　　お金が〜。

浮かべる（他）　ほほえみを〜。

浮かす（他）　　お金を〜。

浮かばれる（他）死者も〜ないだろう。

對應　對應

10 うける、うかる

1 うける（受ける）（他、下一）

它有許多含義、用法，其中有試驗を受ける這一用法，表示參加考試，一般用Ⓐは Ⓑ（の試験）を受ける這一句型，表示某人Ⓐ參加某種考試Ⓑ。相當於中文的應考、報考等。

● 兄は東大の入学試験を受けた。
／哥哥報考了東大。

11 うずめる、うずまる、うずもれる

三詞的漢字都是埋，都含有埋的意思，但適用場合不同，自他的對應關係也比較複雜。

1 うずめる（埋める）（他、下一）

——

2 うかる（受かる）（自、五）

/我通過了東京高中的入學考試。

/僕は東京高校の入学試験に受かった。

/哥哥考上了東大。

● 兄は東大に受かった。

受かる句型，表示某人 Ⓐ 考上了某個學校 Ⓑ。相當於中文的考試合格、考上。

它是與他動詞受ける相對應的自動詞，含有受けられる（可能）的意思。一般用 Ⓐ は Ⓑ に

/我想考醫學大學。

● 私は医科大学の試験を受けようと思っている。

1 表示人有意識地將某種東西，埋在土裡、雪裡、砂裡。

● 穴を掘ってごみを埋める。
／挖個坑把垃圾埋起來。

● 死体を土の中に埋める。
／把屍體埋在土裡。

● おじいさんは大陸に骨を埋めるつもりです。
／爺爺打算在大陸終老。

2 表示在某一地點、場所擺滿某種東西。

● 本は部屋を埋めた。
／書擺滿了房間。

● 陰暦のお正月になると、花は町を埋める。
／一到農曆正月，街上便到處擺滿了花。

2 うずまる（埋まる）（自、五）──

它是與他動詞埋める相對應的自動詞，含有埋められる（被動）的意思。

1 與埋める₁₋₁的用法相對應，表示客觀存在的某種東西或人，被埋在土裡、雪裡、砂裡。這時一般是客觀形成的情況，而不是人們有意識做出的。

● 列車は吹雪に埋まった。
／火車被埋在大雪裡了。

● 道はすっかり雪に埋まった。
／道路完全被大雪埋沒了。

● 大水で家が泥に埋まった。
／因為淹大水，房子都被埋在泥裡了。

● あの俳優は歡迎の人々の花束に埋まった。
／那個演員被歡迎人潮的花束包圍了。

2 與埋める₁₋₂的用法相對應，表示某一地點、場所擺滿某種東西或擠滿了人。

● 広場は人で埋まっている。
／廣場上站滿了人。

● おじいさんの部屋は本で埋まっていて歩くところがない。
／爺爺的房間裡擺滿了書，連走路的地方都沒有。

③ うずもれる（埋もれる）（自、下一）

それ也是自動詞，但與埋める的用法，並不是完全對應，部分含義是埋める所沒有的。

1 與自動詞埋まる₂₋₁的意思、用法相同；與埋める₁₋₁的用法相對應，表示某種客觀存在的東西被埋在土裡、雪裡、泥沙裡。

● 列車は吹雪に埋もれた （○埋まった）。
／火車被埋在大雪裡了。

● 崖が崩れて道は土砂に埋もれた （○埋まった）。
／峭壁坍塌下來，道路被埋在砂石裡了。

2 與埋まる₂₋₂意思相同，與埋める₁₋₂用法相對應，表示某地點、場所擺滿了東西，擠滿了人。

● 部屋中花で埋もれている （○埋まっている）。
／整個房間擺滿了花。

● 広場は人で埋もれている （○埋まっている）。
／廣場上占滿了人。

3 引申用於抽象比喻，表示某人的真正價值不為人們所認識，而被埋沒。埋まる沒有這一含義、用法；埋める也沒有此用法。

● 駿馬も伯楽のいかんによって見出されもし、埋もれもする。

／良駒也會因為有沒有遇上伯樂，而被發現或埋沒。

● 天分を持ちながら、長い間田舎に埋もれていた。

／雖然有天分，但長期被埋沒在鄉下。

三詞的相互對應關係，歸納起來大致如下：

埋める（他）
埋まる（自）
埋もれる（自）

本は部屋を〜。

部屋は本で〜ている。

部屋は本で〜ている。

彼は田舎に〜ている。

對應　對應

うつす、うつる

① うつす（移す）（他、五）

1 表示將某種東西搬、遷移到另一個地方或將人調到另一個地方。

● 机を窓のそばへ移しなさい。

／請把桌子搬到窗子旁。

● 百年ばかり前日本は都を京都から東京に移した。

／在一百多年前，日本把國都從京都遷到了東京。

● 野村さんを九州の支店に移した。

／把野村先生調到九州的分公司去了。

2 表示時間、時代的變化、變遷，但這麼用時，只能用時を移さず，意同於沒有過時、不失時機、立刻、馬上。

● 時を移さずに準備をした。

／馬上做了準備。

● 時を移さずに仕事を始めた。

／立刻開始了工作。

3 表示染上了另一種顏色，沾上了另一種氣味。相當於國語的染上、沾上。

- 白いシャツには緑色を移した。
/白色襯衫染上了綠色。

4 表示染上了疾病，相當於國語的傳染。

- 伝染病を移さないように隔離する。
/隔離起來避免傳染疾病。

- 家のものに病気を移すといけないから入院した。
/把病傳染給家裡的人就不好了所以去住院了。

② うつる（移る）（自、五）──

它是與移す相對應的自動詞，用法基本上是對應的。

1 表示某種東西被搬、被遷移到另一個地方或人被調到另一個地方。

- いつ新しい家に移りますか。
/什麼時候搬到新家去？

- 百年ばかり前、日本の都は京都から東京に移りました。
/一百多年前，日本的國都從京都遷到了東京。

2 表示時代的變化、變遷。和移す[1-2]的用法相對應，但使用的場合比移す要多。

● 時代が移るにつれて、思想も変わった。
／隨著時代的變遷，人的思想也變了。

● それから時は移って平成となった。
／然後時過境遷，到了平成時代。

3 表示染上了另一種顏色，沾上了某種氣味。

● 色のついたシャツに白いシャツを一緒に洗ったので、白いシャツに色が移ってしまった。
／因為把有色的襯衫和白襯衫一起洗，讓白襯衫被染色了。

● 薬の匂いが手に移った。
／藥味沾到手上。

4 表示傳染上了疾病、惡習。

● 風邪が外の人に移った。
／感冒傳染給了旁人。

● 親の博打を打つ癖が子供に移った。
／父母賭博的習慣傳染給了孩子。

13 うまれる、うむ

[1] うまれる（生まれる、産まれる）（自、下一）——

1 表示人或其他動物的出生、誕生。

● 赤ちゃんが生まれた。
／嬰兒誕生了。

● 猫の子が二匹生まれた。
／生了兩隻小貓。

2 表示某一新鮮事物的出現、問世。

● 奇蹟が産まれた。
／出現了奇蹟。

● 新しい現象が産まれた。
／出現了新的現象。

● 地動説が産まれてから、天動説はすっかり引っ繰り返された。
／地動説出現了以後，天動説就完全被推翻了。

② うむ（生む、産む）（他、五）──

它是與自動詞生まれる相對應的他動詞，用法與生まれる完全對應。

1 與生まれる 1-1 的用法相對應，表示人或其他動物生了，鳥類產卵。

● 男 の子を生んだ。

／生了個男孩。

● 豚は子豚を十匹も生んだ。

／豬生了十頭小豬。

● それはよく卵を生む 鶏 だ。

／那是一隻很會生蛋的雞。

2 與生まれる 1-2 的用法相對應，表示創造出新的、未曾有過的東西。

● 彼は奇蹟を産んだ。

／他創造了奇蹟。

● 傑作を産むのは容易なことではない。

／創造出傑作沒那麼容易。

14 うる、うれる

① うる（売る）（他、五）

1 表示賣某種東西。

- 車を売る。
/賣車。

- 土地を売る。
/賣土地。

2 用名を売る，表示出名。

- 彼は今度のことですっかり名を売った。
/因為這件事，他大大地出了名。

3 表示為了自己的利益而背叛。相當於國語的出賣。

- 頑張ればよい結果を産むかもしれない。
/努力點也許會出現好結果。

1 表示某種東西好賣、暢銷、賣出去。

● あの本はよく売れる。
／那本書很暢銷。

● あの中古車もとうとう売れた。
／那輛中古車終於賣掉了。

● いい値段で土地が売れた。
／土地賣了個好價錢。

2 用名が売れる、顔が売れる，表示很有名氣的、出了名的。

② うれる（売れる）（自、下一）

它是與他動詞売る相對應的自動詞，含有売られる（可能）的意思。

● やつは国を売るような男だから、油断はできない。
／他是個會出賣自己國家的人，對他不能疏忽大意。

● 私は友達を売るようなことはしない。
／我絕不出賣朋友。

● 名が売れた俳優。

／名演員。

● 顔が売れている。

／大紅人。

　它沒有與売る 1-3 相對應的用法，因此下面的說法是不通的。

× 彼は親しい友でも売れる。

　由於売る、売れる兩者含義不同，下面兩個句子的意思也是有差異的。（○ 親しい友でも売る。）

● 今売る家は海岸の近くにある家だ。

／現在賣的房子是在海岸附近的。

● 今売れる家は海岸の近くにある家だ。

／現在海岸附近的房子很搶手。

◉お

15 おきる、おこる、おこす

三個詞的漢字都寫作起字，但含義不同，自他對應關係也比較複雜。

① おきる（起きる）（自、上一）

1 用於人，表示起床、起來；用於具體的東西，表示立起、起來。

- 子供がもう起きた。
／孩子已經起床了。
- 倒れた人が起き上がらなかった。
／倒下的人沒有爬起來。
- 昨日の風で倒れた枝がいつの間にか起きた。
／昨日被風颳倒的樹枝，不知什麼時候又活了起來。

2 用於抽象比喩，表示發生了某事。

● 騒動が起きた。
／引起了騒動。

● 困ったことが起きた。
／發生了一件麻煩事。

② おこる（起こる）（自、五）

起きる 1-2 的含義、用法基本相同，用於抽象事物，表示發生了某種事情。

● 大変な事故が起こった。
／發生了一起嚴重的事故。

● 面倒なことが起こった。
／發生了一件麻煩事。

● 例の発作が起こった。
／他的老毛病又犯了。

● あの火山は噴火が起こった。
／那座火山噴發了。

③ おこす（起こす）（他、五）

它與自動詞起きる、起こる相對應，含有起きさせる（使…）的意思。

1 與起きる₁₋₁的用法相對應，用於人表示將人叫起、叫醒、扶起；用於物表示將東西扶起。

- 寝ている子供を起こす。
／把在睡覺的孩子叫起來。

- 明日の朝六時に起こしてください。
／請在明天早上六點叫醒我。

- 病人を布団の上に起こして食べさせる。
／把病人扶起來讓他坐在床鋪上吃飯。

- 大風で倒れた木を起こした。
／大風把倒下的樹颳了起來。

2 與起きる₁₋₂、起こる相對應，用於抽象事物，表示引起、惹起某種事情。

- 車は大変な事故を起こした。
／車子造成了一起嚴重事故。

● 彼は面倒なことを起こした。

／他惹出了一件麻煩事。

● おじいさんは例の発作を起こした。

／爺爺的老毛病又犯了。

● 阿蘇山は噴火を起こした。

／阿蘇山爆發了。

而起きる、起こる並沒有這一用法。

除此之外，起こす的受詞（即動作對象）可以用具體的東西，表示掀起、翻起某種東西。

● 畑の土を起こす。（×畑の土が起きる・起こる。）／翻起田裡的土。

● 大きな石を起こす。（×大きな石が起きる。）／掀起一個大石頭。

三者的對應關係，歸納起來大致如下。

起きる（自）　　　子供が～。

起こる（自）　　　事故が～。

起こす（他）　　　子供を～。

事故を～。

土を～。

子供が～ 對應

事故が～ 對應

16 おしえる、おそわる

① おしえる（教える）（他、下一）

1 用⑧は⑧に⑥を教える句型，表示某人⑧教⑧某種知識、技術⑥。

● 父は中学校で数学を教えている。
／父親在中學教數學。

● 日本語を教える先生は三人もいる。
／教日語的老師有三個人。

● 私は外国人の学生を教えている。
／我在教外國學生。

2 也用⑧は⑧に⑥を教える句型，表示某人⑧告訴、指點⑧道路、方向⑥等。

● すみませんが、郵便局への道を教えてくださいませんか。
／不好意思，能告訴我郵局怎麼走嗎？

● 教えてもらった通りにいくと、すぐ駅の前に出た。
／按照指示走，馬上就到車站前了。

② おそわる（教わる）（自、五）

それは與他動詞教える相對應的自動詞，含有教えられる（被動）的意思。

1 與教える 1-1 的用法相對應，它雖是自動詞，但與一般的自動詞不同，可以用～を教わる，即Ⓐは（或「について」、「から」）Ⓒを教わる句型，表示Ⓐ跟Ⓑ學習Ⓒ，或受教於Ⓑ。

● 私たちは二三人の先生に日本語を教わっている。
／我們跟兩三位老師學日語。

● 弟 は家庭教師の田中先生に数学を教わっている。
／弟弟跟田中家教老師學數學。

● あの人なら安心して教われます。
／如果是那個人的話，可以放心跟他學。

2 與教える 1-2 的用法相對應，也可以用～を教わる，即Ⓐは（或「について」、「から」）Ⓒを教わる句型，表示Ⓐ問、請教Ⓑ關於Ⓒ這件事。

● あるじいさんに郵便局への行く道を教わりました。
／我向一位老爺爺請教了去郵局的路。

17 おちる、おとす

① おちる（落ちる）（自、上一）

1 表示人或物從高的地方掉、落到低的地方。

- 木の葉・石が落ちた。
/樹葉・石頭掉下來了。

- 飛行機が落ちた。
/飛機墜毀了。

- 子供が川に落ちた。
/小孩子掉到河裡了。

- コップが机から落ちた。
/玻璃杯從桌子上掉下來了。

- 廊下に紙屑が落ちている。
/走廊上散落著廢紙。

2 表示文字等從文章中漏掉、脱漏。

● 二行目に三つの字が落ちている。
／第二行漏掉了三個字。

● 名簿から彼の名前が落ちた。
／名單上漏了他的名字。

3 表示東西的某一部分從整體上掉下、脫落。

● 色・ペンキ・泥・垢が落ちた。
／顏色・油漆・泥土・汙垢掉了。

● 服の色が落ちた。
／衣服褪色了。

● ボタンが落ちた。
／鈕釦掉了。

4 用於抽象事物，表示速度、事物的程度等下降。

● 自動車のスピードが落ちた。
／汽車的速度放慢了。

● 値段が同じだが、品が落ちたようだ。

／價錢一樣，但品質似乎變差了。

● 価額が少し落ちた。

／價格稍稍降了一些。

● そのことがあってから、彼の人望はずっと落ちた。

／發生了那件事以後，他的聲望持續下滑。

5 表示落選。

● 勉強しなかったので、とうとう入学試験に落ちた。

／由於沒有用功，終究沒考上。

● 田中は百メートルの予選に落ちた。

／田中在一百公尺預賽中落選了。

② **おとす**（落とす）（他、五）

它是與自動詞落ちる相對應的他動詞，由於是他動詞，多表示有意識的動作，但個別時候也表示無意識的動作。

1 與自動詞落ちる的用法相對應，表示人有意識地把某種東西從高的地方弄掉、碰掉等。

1-1

● 木の葉・石を落とした。

／把樹葉・石頭弄掉了。

● ちょっとした不注意でコップを床に落とした。

／稍一不注意，就把玻璃杯碰掉在地上了。

● 見事に敵の飛行機を落とした。

／很巧妙地擊落了敵機。

2 與自動詞落ちる₁₋₂的用法相對應，表示某人將某些文字等漏掉。

● 彼はこれを写すとき、一字を落とした。

／他在抄寫的時候，漏了一個字。

● 私はみんなの名前を呼ぶとき、彼の名前を落とした。

／我在呼喊大家的時候，漏叫了他的名字。

3 與自動詞落ちる₁₋₃的用法相對應，表示將某種東西從整體上弄下、弄掉。

● 泥を落とす。

／把泥沙弄掉。

● 垢を落とす。

／把汙垢弄乾淨。

値得注意的是，下列句子可以用落ちる，但不能用落とす。

×色を落とす。（○色が落ちる。）

／褪色。

×ペンキを落とす。（○ペンキが落ちる。）

／掉漆。

×ボタンを落とす。（○ボタンが落ちる。）

／鈕釦掉了。

4 用於抽象事物，與自動詞落ちる1-4的用法相對應，表示減少、降低等。

● 自動車のスピードを落としなさい。

／把車子的速度放慢一些！

● 値段を少し落とさないと売れない。

／不把價格降低一些，會賣不出去。

5 與自動詞落ちる1-5的用法相對應，表示使某人落選。

● 五十点しか取れなかったから、彼を落としてしまった。

／他只得了五十分，所以沒有錄取他。

6 表示弄丟，這時是無意識的動作。自動詞落（お）ちる沒有與它相對應的用法。

● 途（とちゅう）中で財布（さいふ）を落（お）とした。
／在路上弄丟了錢包。

● 落（お）とした時計（とけい）が見（み）つかった。
／遺失的手錶找到了。

由於落（お）ちる沒有與它相對應的用法，因此上述兩個句子如果換用落（お）ちる時意思是不同的。

● 財布（さいふ）が途（とちゅう）中で落（お）ちた。
／錢包掉在半路上了。

● 落（お）ちた時計（とけい）が見（み）つかった。
／找到了遺失的手錶。

這兩個句子的落（お）ちる表示掉下。

18 おりる、おろす

1 おりる（降りる、下りる）（自、上一）——

1 表示人或東西從高的地方往下到低的地方。

● 二階から一階に降りる。
／従二樓下到一樓。

● 船から陸に降りる。
／従船上下到陸地。

● 幕が降りる。
／閉幕。

● 飛行機が下へ降りるに従って町がはっきり見えてきた。
／隨著飛機下降，街道看得清清楚楚。

2 表示人從交通工具（如車、船、飛機）下來。這時它雖也是自動詞，但可以用～を降りる，表示下車、下船。

● バスを降りる。
／下公車。

● 船を降りる。
／下船。

雖不是從交通工具上下來，但可以說山を降りる，用法是相同的，表示下山。

② **おろす**（降ろす、下ろす）（他、五）

1 與降りる 1-1 的用法相對應，表示將某種東西從高處降下、放下、拿下等。

● 二階の机を一階へ降ろした。

／把二樓的桌子搬到樓下來了。

● あの棚の上のカバンを降ろしてくださいませんか。

／請把那架子上的手提包拿下來好嗎？

● 幕を降ろしても拍手の音がやまなかった。

／閉幕以後，掌聲還是沒有停下。

2 與降りる 1-2 的用法相對應，表示讓人從車、船上下來；或把東西從車、船上卸下。

● バスは停留所で客を降ろしています。

／公車停在車站，讓乘客下車。

● 駅の近くで車から降ろしてもらった。

／在車站附近讓我下了車。

19 おる、おれる

① おる（折る）（他、五）──

1 表示將細長的東西弄斷、折斷。

● スケートをして足の骨を折った。
／溜冰時跌斷了腿。

● 公園の木の枝や花を折ってはいけない。
／不要攀折公園裡的樹木、花草！

● 鉛筆の芯を折ってしまったから、あなたのを貸してください。
／我的鉛筆筆芯折斷了，請將你的借我。

● 荷馬車から荷物を降ろす。
／從馬車上卸下行李。

● 船からボートを降ろす。
／從大船上放下小船。

2 表示將紙、布等一些薄薄的東西摺起、疊起。

● 折り紙を折る。
／摺紙。

● その紙を折らないでください。
／不要摺到那張紙。

● 風呂敷を折ってたたむ。
／把包袱巾摺好疊起來。

②　おれる（折れる）（自、下一）──

それは他動詞折る相對應的自動詞。

1 與折る的用法相對應，表示細長的東西斷、折、折斷。 1-1

● 足の骨が折れた。
／腿骨斷了。

● 木の枝が大風で折れた。
／樹枝被大風颳斷了。

● 鉛筆の芯が折れて困ります。

／鉛筆芯斷了，真傷腦筋。

2 與他動詞折る1-2的用法相對應，表示將布、紙等一些薄薄的東西摺著、疊著。

● 本のページが折れている。

／書頁摺著。

● この物差しは折れるようにできている。

／這把尺能夠摺疊。

3用於地理方面，表示道路、河流等往某一方向彎去。他動詞折る沒有和它相對應的用法。

● この道を右に折れる（×右に折る）と、郵便局があります。

／順著這條路向右拐，那裡有一個郵局。

● M市を境に川は大きく西に折れている（×西に折っている）。

／這條河以M市為界，拐個大彎向西流去。

上述這種情況，由於道路、河流都是客觀存在，不是人們意志所能左右得了的，因此不能用右に折る、西に折る。

20 おわる、おえる

① おわる（終わる）（お）（自、五）

1 表示某種事情、工作等做完、終了、完了。

● 仕事・授業・講義・練習・手術が終わる。

／工作・上課・課程・練習・手術結束了。

● ようやく仕事が終わった。

／好不容易做完工作。

● 試験が終わったら故郷へ帰るつもりです。

／我打算考試結束後，就回老家去。

它雖是自動詞，但強調有意識地使…終了，即有意識地結束某種事情、工作時，可以用～を終わる，這時與～を終える的意思相同。

● これで私の話を終わります。

／我言盡於此。

● 早く仕事を終わって帰りたいものです。
／我想早一點完成工作回家。

2 表示某一時間、期間的完了、終了。

● 長い冬が終わった。
／漫長的冬天過完了。

● 夏休みがとうとう終わった。
／暑假終究結束了。

● 江戸時代が終わって明治のご時世になった。
／江戸時代結束，進入了明治時代。

3 表示地理上某一情況的完了。

● 車窓の風景は町が終わって畑に変わる。
／車窗外的風景從城市變成了田地。

② **おえる**（終える）（他、下一）──

它是與自動詞終わる相對應的他動詞。

1 與終わる

1-1 相對應，表示使持續性的事情、工作等結束、終了。例如：

● 仕事・授業・講義・講課・練習・手術を終える。
／結束工作・課程・講課・練習・手術。

● この仕事を終えれば暇になります。
／做完這個工作，就有空了。

● テニスの練習を終えたら、買い物に行きます。
／練完網球，就出去買東西。

● 試験を終えたら、故郷へ帰るつもりです。
／考完試了之後，我打算回老家去。

自動詞終わる用を構成的連語～を終わる基本上與～を終える的意思相同。

／考完試了之後，我打算回老家去。

● 話を終わる（○話を終える）。
／結束談話。

● 練習を終わる（○練習を終える）。
／結束練習。

1-2

1-3 相對應的用法，即不能講結束某一時間、地點，因為時間或地點不

但它沒有與終わる

是人們的意志所能左右得了的。因此下面的說法是不通的。

×とうとう寒い冬が終えました。　（○冬が終わりました。）

×にぎやかな商店街を終えました。　（○商店街が終わりました。）

◎か

21 かくす、かくれる

① かくす（隠す）（他、五）──

一般用 Ⓑ を Ⓒ に隠す句型，表示將某種東西 Ⓑ 藏、隠藏在 Ⓒ 處。

● 月が雲に姿を隠した。
／月亮（將自己）隠藏在雲裡了。

● 物影に身を隠してじっと様子を伺った。
／藏身在隠密處，一動也不動地觀察著。

● お金を箪笥の中に隠した。
／把錢藏在衣櫃裡了。

● 彼女は自分の年を隠した。
／她隠瞞了自己的年齡。

② かくれる（隠れる）（自、下一）

它是與隠す相對應的自動詞。

1 用ⒷがⒸに隠れる句型，表示Ⓑ隱藏、藏在Ⓒ處。

● 月が雲に隠れてしまった。
／月亮藏進雲裡了。

● 物影に隠れてじっと様子を見ている。
／藏在影子的後面，一動也不動地觀察著。

● 身が隠れるところがない。
／沒有藏身之處。

要隱藏具體的東西，一般要人的動作才行，因此多用他動詞隠す，很少用隠れる，因此下面的句子是不通的。

× お金が箪笥に隠れている。
× 年が隠れている。

2 用隠れた體言Ⓓ，表示不為人知的Ⓓ、無名的Ⓓ。隠す沒有此用法。

22 かける、かかる

①かける（掛ける）（他、下一）

1 用Bを©に掛ける句型，表示有意識地將某種東西B掛在另一種東西©上面。

● 絵を壁に掛ける。
／把畫掛在牆上。

× 彼は隠した発明家だ。

／開始這個工作以後，他不為人知的才能才顯露了出來。
この仕事を始めてから、彼の隠れた才能が現れた。

隠す沒有與它相對應的用法，因此下面的句子是不通的。

● あの人は隠れた発明家だ。
／他是個默默無聞的發明家。

● 彼は隠れた英雄だ。
／他是位無名英雄。

- オーバーを洋服掛けにお掛けなさい。
／把大衣掛在衣架上。

2 用ⓒにⒷを掛ける句型，表示有意識地將Ⓑ放、架在ⓒ上。

- ガスに鍋を掛ける。
／把鍋子放在瓦斯爐上。
- 秤に荷物を掛ける。
／把行李放在秤子上。
- 川に橋を掛ける。
／在河上架橋。

3 也用ⓒにⒷを掛ける句型，表示有意識地將Ⓑ這一液體的或粉狀的東西澆、濺、灑到ⓒ上。

- 花に水を掛ける。
／幫花澆水。
- おかずに塩を掛ける。
／在菜餚上灑鹽。

4 另外掛ける還有許多含義、用法。例如：

● 鍵を掛ける。
／上鎖。

● 電話を掛ける。
／打電話。

● 沢山のお金を掛ける。
／要花好多錢。

● お目に掛ける。
／看。（敬語）

● 手を掛ける。
／動手（做某事）。

● 迷惑を掛ける。
／給人添麻煩。

② かかる（掛かる）（自、五）

它是與他動詞掛ける相對應的自動詞，含有掛けられる（被動）的意思。

1 與掛ける1-1的用法相對應，用Ⓑが掛かる句型，表示Ⓑ掛在Ⓒ的上面，這時只強調被掛著的狀態。

● 絵が壁に掛かっている。
／畫被掛在牆上。

● オーバーが洋服掛けに掛かっている。
／大衣掛在衣架上。

● 凧が電線に掛かっている。
／風箏掛在電線上了。

但不是有意識的動作，只是強調掛著這一狀態時，只能用～に掛かる，而不能用～を～に掛ける。例如：

（×凧を電線に掛けた。）

2 與掛ける1-2的用法相對應，用ⒸにⒷが掛かる句型，表示在Ⓒ上面放著、架著Ⓑ。

● ガスに鍋が掛かっている。
／瓦斯爐上放著鍋子。

● この荷物が重すぎて秤には掛からないでしょう。
／這個行李太重，無法用秤量吧。

川には橋が掛かっている。

／河上架著橋。

但所表示的不是有意識的動作結果時，則只能用掛かる，而不能用他動詞掛ける。

空には虹が掛かって（×虹を掛けて）とても綺麗です。

／天空中掛著彩虹，非常美麗。

3 與掛ける 1-3 的用法相對應，用ⓒには⒝が掛かる句型，表示⒝這一液體的或粉狀的東西，澆、濺、灑到ⓒ上。

自動車がそばを通ったので、泥水がズボンに掛かってしまった。

／汽車從身旁駛過，泥水濺到褲子上了。

埃が掛からないように、カバーを掛けましょう。

／掛上罩子，免得沾上灰塵。

4 另外掛かる與掛ける 的用法大部分是相對應的。但意思有時稍有不同。例如：

ドアに鍵を掛けなさい。

／把門鎖上！

● ドアに鍵が掛かっている。
／門鎖著。

● 先生に電話を掛けた。
／給老師打了電話。

● 先生から電話が掛かってきた。
／老師打來了電話。

● 相当のお金を掛けてその絵を買った。
／花了好多錢買下那幅畫。

● それはお金の掛かることだ。
／那非常花錢的。

● これをお目に掛けます。
／請您看看這個。

● お目に掛かって嬉しく存じます。
／能跟您見面真讓人高興。

● 手を掛けてはいけない。
／不要碰。

● それは手が掛かる仕事だ。

／那是個費工的工作。

● 人に迷惑を掛けないように気をつけなさい。

／注意不要給旁人添麻煩。

● 人に迷惑が掛かれば謝らなければならない。

／給旁人添了麻煩，就必須道歉。

但有些掛ける、掛かる構成的固定慣用語，就只能使用其中之一。例如：

1 只能用「掛ける」的場合。

● 腰を掛ける（×腰が掛かる）。

／坐下。

● 口を掛ける（×口が掛かる）。

／搭話。

● 目に掛ける　（×目が掛かる）。

／照顧。

● 謎を掛ける（×謎が掛かる）。

／出謎題。

● 馬力を掛ける（×馬力が掛かる）。

／加足馬力。

● 二に五を掛ける（×二に五が掛かる）。

／二乘五。

2 只能用「掛かる」的場合。

● 手すりに掛かる（×手すりを掛ける）。

／扶著欄杆。

● 敵の手に掛かる（×敵の手を掛ける）。

／向敵人進攻。

● 人手に掛かる（×人手を掛ける）。

／遭人毒手。

以上只是掛ける、掛かる用法的一部分，都是一些常見的用法。其他的就不再贅述。

23 かわく、かわかす

1 かわく（乾く）（自、五）

1 表示物體中的水分、濕氣消失了，即乾、變乾。

● 夏は洗濯物がよく乾きます。
／夏天衣服容易曬乾。

● ここは空気が乾いているので気持ちがいい。
／這裡空氣乾燥，很舒服。

● インキが乾いていないから気をつけなさい。
／鋼筆墨水還沒乾請注意。

● ペンキが乾くまで手を触れないように。
／油漆未乾以前注意別碰到了。

● 吊るし柿がだいぶ乾いてきた。
／吊柿已經乾得差不多了。

2 構成慣用語，用喉がかわく，表示口渴。

● 暑いときは喉が乾く。
／熱的時候口很渴。

● 喉が乾いたら、冷蔵庫の中の冷たい飲み物をお飲みなさい。
／口渇的話，可以喝冰箱裡的冷飲。

2 かわかす（乾かす）（他、五）

它是與乾く1-1的用法相對應的他動詞，表示用某種方法弄乾某種東西，含有使…變乾的意思，如曬乾、吹乾、烤乾等。

● 雨に濡れた洋服をストーブの火で乾かす。
／用暖爐把被雨淋濕的衣服烘乾。

● この封筒はのりをつけたばかり濡れていますから、乾かして出してください。
／這個信封剛糊上漿糊還濕著，等乾了以後再寄出去吧。

● 大根を日陰に干して乾かします。
／把蘿蔔放在陰暗處晾乾。

由於使用使…口渴的情況是很少的，因此一般不說喉を乾かす。

24　かわる、かえる

1　かわる（変わる）（自、五）

用Ⓐが変わる或Ⓐから Ⓑに（と）変わる句型，表示某種東西Ⓐ變化、變；或Ⓐ變化、變成Ⓑ。

● 顔色・声・気分が変わる。
　/臉色・聲音・情緒變了。

● 天気・雲行きが変わる。
　/天氣變了。

● 私がそう言うと、彼は突然顔色が変わった。
　/我這麼一說，他的臉色就突然變了。

● 病気が治ってから声が変わった。
　/病好了以後，聲音就變了。

● 目的地は大阪から京都へと変わった。
　/目的地從大阪改成京都了。

● 電力が火力発電から水力発電に変わった。
／電力從火力發電變成了水力發電。

● 穏やかな天気が急に嵐と変わった。
／穩定的天氣瞬間狂風暴雨。

● 風が北に変わったので、急に寒くなった。
／改吹北風後就突然降溫了。

2 用変わった＋體言、変わっている＋體言句型，表示和普通不同的。可譯作奇怪的、出奇的、不普通的、與眾不同的。

● これは変わった形の自転車だ。
／這是一輛奇形怪狀的腳踏車。

● 変わった人だね。挨拶をしても黙っている。
／真是個怪人，跟他打招呼也不理。

②かえる（変える）（他、下一）──

它是與自動詞変わる1-1的用法相對應的他動詞。構成Ⓐを変える或Ⓐを（Ⓑから）Ⓒに変

える句型，表示改變Ⓐ，或把Ⓐ（從Ⓑ）改變成Ⓒ。

● 顔色（かおいろ）・声（こえ）を変（か）える。

／變臉色・聲音。

● 天気（てんき）・雲行（くもゆ）きを変（か）える。

／變天。

● それを聞（き）いて彼（かれ）は顔色（かおいろ）まで変（か）えた。

／聽聞此事，他臉色都變了。

● 旅行（りょこう）は気分（きぶん）を変（か）えるのにいい。

／旅行對轉換心情很有幫助。

● 水道水（すいどうみず）を蒸留水（じょうりゅうすい）に変（か）えなければ使（つか）えない。

／把自來水變成蒸餾水才能喝。

● 六月（ろくがつ）に入（はい）ってから服（ふく）を夏服（なつふく）に変（か）える。

／進入六月以後改穿夏服。

● 目的地（もくてきち）を大阪（おおさか）から京都（きょうと）に変（か）えた。

／將目的地由大阪改成京都。

25　かわる、かえる

1 かわる（代わる、換わる、替わる）（自、五）────

一般用Ⓑは Ⓐに代わる句型，表示某人、某種東西Ⓑ代替、代另外的人、另外的東西Ⓐ。

- ／我代父親講幾句話。
  我代父親講幾句話。
- （私が）父に代わってご挨拶申し上げます。
  （私が）父に代わってご挨拶申し上げます。
- （私が）社長に代わってお話をお伺いいたしましょう。
- ／我代社長請教您的意見。
- ナイロンは絹に代わる新しい繊維です。
- ／尼龍是代替蠶絲的新纖維。
- プラスチックはガラスに代わる物質だ。
- ／塑膠是玻璃的替代物質。

それは人の力ではまだ天気を変えることができない。
／還無法用人力改變天氣。

它沒有與変わる1-2相對應的用法，因此不能用変えた＋體言表示與眾不同的。

② **かえる**（代える、換える、替える）（他、下一）

它是與自動詞代わる相對應的他動詞，用Ⓑを Ⓐに換える句型，表示用某種東西Ⓑ代替、替換另一種東西Ⓐ；或把Ⓑ換成Ⓐ。

● 書面をもってご挨拶に代えます。
／用書信代為問候。

● はなはだ簡単ですが、これをもってお礼の言葉に代えます。
／簡短地以此聊表謝意。

● 一万円札を千円札に替えてください。
／請把這一萬日元的鈔票找開成一千日元的。

● 窓を開けて空気を換えなさい。
／請打開窗子讓空氣流通流通。

◉き

26 きえる、けす

消える與消す是相互對應的自他動詞，但它們與一般相互對應的自他動詞稍有不同；同一個漢字消，自動詞時讀作き，他動詞時讀作け。

1 **きえる**（消える）（自、下一）

表示看到的、聽到的、嗅到的、感覺到的某種東西、情況消失。相當於國語的消失、滅、看不到、聽不到、感覺不到等。

1與消す的用法相對應。

● 火・電燈・あかりが消えた。
／火・電燈・燈滅了。

● 色・つや・匂い・味が消えた。
／顏色・光澤・香氣・味道消失了。

● 字・音・テープが消えた。
／字看不見了。聲音・錄音帶聽不見了。

● 風でマッチの火が消えた。
／風把火柴的火吹滅了。

● 突然電燈が消えて部屋は真っ暗になった。
／突然電燈滅了，房間變得漆黑一片。

● 看板が古いので、字が消えて読めなくなった。
／招牌舊了，字糊掉看不清楚了。

2 他動詞消す 沒有與它相對應的用法。以下句子都不能換用～を消す。

● 噂・印象・思い出・望み・記憶が消えた。
／傳聞・印象・回憶・希望・記憶消失了。

● 春になって山の雪が消えた。
／到了春天，山上的雪都融了。

● 子供のとき住んでいた町の印象も今は消えてしまった。
／對小時候住過的小鎮，現在已經完全沒了印象。

● 亡くなった恋人のことが頭から消えない。

②**けす**（消す）（他、五）

它是與自動詞消える相對應的他動詞。表示將看到的、聽到的、嗅到的、嚐到的東西弄掉，可根據具體情況適當地譯作熄掉、塗掉、抹掉等。

／死去戀人的身影，仍留在腦海裡。

1 與自動詞消える相對應的用法。

● 火・電燈・あかりを消した。

／撲滅了火。關掉電燈。熄掉燈。

● 色・つや・匂い・味を消した。

／去除顏色・光澤・氣味・味道。

● 字・音・テープを消した。

／去除字・聲音・膠帶。

● 出かける前にガスの火を消したかどうかよく見てください。

／外出以前，要仔細看看瓦斯爐的火關掉了沒有。

● 夜寝るときに電燈を消します。

／晚上睡覺的時候關燈。

27 きく、きこえる

① きく（聞く）（他、五）

1 表示聽到某種聲音。這時的受詞多是声或音。

● ものすごい爆発の音を聞いた。
／聽到了一陣猛烈的爆炸聲。

● 郊外に出ると、鶯の声を聞くことができる。
／到郊外去，就能聽到鶯的啼聲。

---

2 但有些消える的用法，是消す所沒有的，因此下列句子是不能用～を消す的。

● 雪が消えた（×雪を消した）。
／雪融了。

● 噂・印象・思い出・希望・記憶が消えた（×消した）。
／傳聞・印象・回憶・希望・記憶消失了。

● 間違った字を消して書き直します。
／把寫錯的字塗掉重新寫。

／走到郊外，就可以聽到黃鶯的叫聲。

● 鶏の鳴き声を聞いてすぐ起きた。

／聽到雞鳴就立刻起床了。

2 表示有意識地去聽要聽的東西。這時的受詞不限於声或音。

● 音楽・レコード・ニュースを聞く。

／聽音樂・唱片・新聞。

● 私は毎朝ラジオの天気予報を聞きます。

／我每天早上都聽天氣預報的廣播。

● 私は人の話を聞くのが大好きです。

／我很喜歡聽人講話。

3 表示聽說。

● 李君が日本へ行ったということを聞いた。

／我聽說李同學去日本了。

● 内山先生が文部科学大臣賞を授かったということを聞いた。

／聽說內山老師得到了文部科學大臣賞。

4 表示接受意見。

● 弟は私の言うことを全然聞かない。

／弟弟對我的意見一概不理。

● 会社は組合の要求を聞いて賃金を上げた。

／公司接受了工會的請求，提高了工資。

5 表示詢問、問。

● あるおじいさんに郵便局へ行く道を聞いた。

／我向一位老爺爺問了去郵局的路。

● 辞書にも載っていない漢字だから、先生に聞かなければ読めない。

／那個漢字字典上查不到，不問老師是不會唸的。

● 彼がいつ台湾へ来るか手紙で聞いてみましょう。

／寫信問問他什麼時候來台灣吧！

② きこえる（聞こえる）（自、下一）

它是與他動詞聞く相對應的自動詞，含有聞かれる（可能）的意思。

1 與聞く₁₋₁的用法相對應，表示無意中聽到、聽得到。

● 時計の秒を刻む音が聞こえた。
／聽到了秒針走動的聲音。

● 警官の笛が聞こえた。
／聽到了警笛的聲音。

● 鶏の鳴き声が聞こえた。
／聽到了雞叫聲。

2 與他動詞聞く₁₋₂的用法相對應，表示聽得到，也可以譯作傳來。

● 道を歩いていると、美しい音楽が聞こえた。
／走著走著路上傳來了優美的音樂聲。

● ラジオが壊れて聞こえなくなった。
／收音機壞了，聽不到了。

● 先生の声が小さいので、後の人には聞こえない。
／老師的聲音很小，後面的人聽不到。

3 表示聽起來…。聞く沒有和它相對應的用法。

● 私がこんなことを言うと、変に聞こえますか。
／我這麼說，聽起來很奇怪嗎？

● 彼の話は皮肉に聞こえた。
／他講話聽起來很諷刺。

● この言葉は今の人におかしく聞こえる。
／這句話現代人聽起來會覺得很可笑。

4 表示有名、知名。聞く沒有與它相對應的用法。

● 彼の名は世界に聞こえている。
／他的名字響遍全世界。

● 立派な政治家として彼の名は聞こえている。
／他以一位傑出的政治家之姿廣為人知。

● 彼の父は物理学者として世に聞こえた人だ。
／他父親是知名的物理學者。

① きめる（決める）（他、下一）

1 表示決定事物或態度、方針等。

● 日本へ行く日を決めた。
／決定了去日本的日期。

● 卒業後の仕事はまだ決めていません。
／畢業後的工作還沒有決定。

● 何を食べるか早く決めなさい。
／要吃什麼快一點決定。

● 今度の修学旅行はホンコンへ行く事に決めた。
／這次的校外教學決定去香港。

● 政府は予算を増やす事に決めた。
／政府決定增加預算。

2 用…と決めている、…と決めてかかる句型，表示認為…。決まる沒有和它相對應的用法。

● 彼は私も大学に入れると決めている。
／他認為我也能上大學。

● 友だちは私が水泳が上手だと決めてかかるが、それは本当ではない。
／朋友以為我很會游泳，但其實根本不是那樣的。

② きまる（決まる）（自、五）

它是與他動詞決める相對應的自動詞，含有決められる（被動）的意思。

1 與決める的用法相對應，表示某種事情或某種態度、決心等已被決定下來。

1-1

● 日本へ行く日はもう決まった。
／去日本的日期已經定了。

● 彼女の結婚する相手はもう決まった。
／她已經決定了結婚的對象。

● 卒業後の仕事はまだ決まっていません。
／畢業後的工作還沒有確定。

● 何を食べるかまだ決まっていません。
／還沒有決定要吃什麼。

● とうとうその大学に入る決心が決まった。
／終於下定決心要考那所大學了。

2用決まった＋體言句型，表示一定、固定的，或用決まって＋用言表示一定…、肯定…。他動詞決める沒有此用法。

● 彼には決まった収入がある。
／他有穩定的收入。

● あれはいつもの決まり文句だ。
／那是常講的客套話。

● この辺は雨が降ると、決まって大水になる。
／這地方一下雨就一定淹水。

● 僕が訪ねるたびに、彼は決まって留守だ。
／我每次去拜訪他的時候，他一定都不在。

3用～に決まっている慣用型，表示一定是如此的。決める沒有此用法。

● 夏は暑いに決まっている。
／夏天一定很熱。

29 きる、きれる

① きる（切る）（他、五）──

1 用刀、剪刀、鋸子等工具將東西切、剪、砍、鋸開。

● ナイフ・鋏・刀・鋸で切る。
／用小刀切・剪刀剪・菜刀切・鋸子鋸。

● 野菜・肉・髪・木の枝を切る。
／切菜・切肉・剪髪・剪樹枝。

● 木の枝を切って落とす。
／把樹枝剪掉。

● 糸で羊羹を切る。
／用線切羊羹。

● 日曜日は休みに決まっている。
／星期天一定會休息。

● 薬はまずいに決まっている。
／藥一定不好吃。

／用線切羊羹。

● ただいまから切符(きっぷ)を切(き)ります。

／現在開始剪票。

● 鋸(のこぎり)で板(いた)を切(き)る。

／用鋸子鋸木板。

作為慣用語來用。

● 肩(かた)で風(かぜ)を切(き)って歩(ある)く。

／大搖大擺地走。

● トランプを切(き)ってから配(くば)る。

／洗完撲克牌後發牌。

2 用於抽象比喻，表示斷、斷絕某種關係。

● 親子(おやこ)の縁(えん)を切(き)る。

／斷絕父子關係。

● 悪(わる)い友(とも)だちとは手(て)を切(き)った。

／和壞朋友斷了聯繫。

● 今までの会社と手を切って新しい会社と契約した。
／和舊公司解約，與新公司簽了新合約。

也可以用來表示停下、暫停某種活動。可根據情況適當地譯成中文。

● 電話を切る。
／掛電話。

● ラジオのスイッチを切った。
／關上了收音機的開關。

● ちょっと言葉を切る。
／稍微打斷了一下談話。

● 息を切って走ってくる。
／喘著氣跑過來。

② **きれる**（切れる）（自、下一）──

它是與他動詞切る相對應的自動詞，含有切られる（可能）的意思。

1 它沒有與切る1-1 對應的用法。因此，下面的説法都是不通的。

× 大根が切れた。

×板が切れた。

×肩で風が切れて歩く。

但個別時候，如講細長的東西斷了，還是可以使用。例如：

● 縄が切れた。

／縄子斷了。

2 與切る 1-2 的用法相對應，表示某種關係斷、斷絕。

● 親子の縁が切れた。

／斷絕了親子關係。

● 悪い友だちと手が切れた。

／和壞朋友斷了往來。

● 電話が切れた。

／電話斷了。

● 言葉が切れた。

／話講完了。

也可以表示某種活動結束、停下。可根據情況適當地譯成中文。

3作為狀態動詞來用，表示刀具鋭利、快。切る沒有與它相對應的用法。

● この 鋏 はよく 切れる。

／這把剪刀很鋒利。

● 研いでからこのナイフはよく 切れる。

／磨好了以後，這把刀就鋒利了。

● 息 が 切れる。

／喘不過氣。

4表示可能切斷、能夠切斷。這時與切ることができる意思相同。

● ボール 紙 でもこの 鋏 で 切れる（○切ることができる）。

／即使是厚紙板也能用這把剪刀剪斷。

● 大 きな 木 なので、 普通 の 鋸 では 切れない（○切ることができない）。

／那是一棵很大的樹，普通的鋸子鋸不斷。

◉ く

30 くれる、くらす

1 くれる（暮れる）（自、下一）──

1 表示某一時間、季節終了、過完。可根據前後文適當地譯成中文。

● 日が暮れる。
／天黑了。

● 春が暮れる。
／春天快結束了。

● 年が暮れる。
／快過年了。

● 今年も暮れゆく。
／今年也快過完了。

● 暮れゆく年の瀬。

／年關將至。

● 紅葉とともに秋も暮れる。

／秋天隨著紅葉凋零而接近尾聲。

2 用 ⑧ に暮れる句型，講人的精神狀態。表示由於某種原因，精神陷入沉痛、走投無路的狀態。可根據前後文適當地譯成中文。

● 思案に暮れる。

／想不出主意來。

● 母が亡くなって千恵子は毎日涙に暮れている。

／千惠子的母親去世了，她每天以淚洗面。

● 山の中で道を失って途方に暮れた。

／在山裡迷了路，不知如何是好了。

2 **くらす**（暮らす）（他、五）──

形式上是與自動詞暮れる相對應的他動詞，但較少對應使用，即使相互對應，意思也是不

同的。例如：

● 日が暮れる。
／天黑。

● 日を暮らす。
／度過一天。

● 「過日子」有一日を暮らす與毎日を暮らす等用法。
／一天什麼也沒有做就過去了。

● 一日何もしないで暮らしてしまった。
／一天什麼也沒有做就過去了。

● 病院では何もすることがないので、毎日静かに寝て暮らしています。
／在醫院裡沒有什麼事可做，每天安安靜靜地躺著過日子。

● 夏休みを海岸で暮らした。
／在海邊度過了暑假。

也適用於月日、歲月等較長的時間。

引申表示生活時暮れる沒有與它相對應的用法。

● 一ヵ月で二三万円ではとても暮らせません。
／一個月兩三萬日幣是生活不下去的。
● 都会より田舎の方が暮らしやすい。
／比起都市鄉下比較容易生活。

◎こ

31　こえる、こす

① こえる（越える）（自、下一）

它雖是自動詞，但可以用～を越える，表示越過某一地點、程度等。

１用Ｂを越える句型，表示越過某一場所、地點或某種東西Ｂ。

● 山・川・海・峠を越える。
／越過山・河・海・山頂。

● 国境・境界線を越える。
／越過國境・境界線。

● この山を越えたところに温泉があります。
／過了這座山有個溫泉。

● この前の川を越えると、小さい村があります。
／過了前面的河，有個小村莊。

● 丘を越えていこう。
／一起越過這個山丘吧！
● とうとう峠を越えた。
／總算越過了山頂。
● 彼は走り高跳びで二メートルのバーを越えた。
／他跳高越過了兩公尺的橫竿。
引申於抽象比喻，表示越過某種障礙。
● 障害を越える。
／越過障礙。
● 難関を越える。
／度過難關。

2 用ⓒを越える句型，表示變化的東西，超過某種程度、數字ⓒ。

● 年も六十を越えたから、若い人のようには働けません。
／也年過六十了，不能像年輕人那樣工作了。
● 今度の試験でどの学科も八十点を越えた。
／今度的試驗中每個學科都超過八十分。

② こす（越す）（他、五）

它是與自動詞越える相對應的他動詞。

1 與越える的用法相對應，用®越す句型，表示越過某一地點、場所或某種東西®。

1-1

● 山・川・海・峠を越す。
　やま　かわ　うみ　とうげ　こ
／越過山・河・海・山頂。
　こっきょう　きょうかいせん　こ

● 国境・境界線を越す。
／越過國境・界線。

● この山を越すと、小さい村があります。
　やま　こ　ちい　むら
／過了這座山，有一個小村莊。

● 参加希望者の数は百人を越えた。
　さんかきぼうしゃ　かず　ひゃくにん　こ
／有意願參加的人已破百。

● 今日の気温はもう三十度を越えたそうだ。
　きょう　きおん　さんじゅうど　こ
／據說今天的氣溫已經超過了三十度。

● 今日の気温はもう三十度を越えたそうだ。

● ／這次考試，每一科都超過八十分。

● 飛行機は一時間掛かりでやっと沙漠の上を越した。

/飛機飛了一個小時，好不容易飛過了沙漠上空。

2 與越える 1-2 的用法相對應，用Ⓒを越す句型，表示超過某一數字、程度Ⓒ。

● 六十歳を越した老人だから、とてもそんなに遠くまで歩いていかれない。

/已經是年過六十的老人了，所以走不了那麼遠的。

● 集まった人は二千人も越したという。

/據說聚集了超過兩千人。

● 彼はとうとう先頭ランナーを越してトップに立った。

/他終於超過了跑在前面的人，獲得了第一。

3 用Ⓓを越す句型，表示度過某一時間Ⓓ。越える沒有這個用法。

● 長い冬を越さなければ、春は来ません。

/如果不度過漫長的冬天，春天是不會到來的。

由於越える沒有這個用法，所以下面的說法是不通的。

×冬を越える（○冬を越す）と春になります。

4 Ⓔへ（に）越す句型，與Ⓔへ（に）引っ越す意思相同，表示移動、搬家。越える

32 ころがる、ころげる、ころぶ、ころがす、ころばす

五個詞的漢字都寫作転字，其中転がる、転げる、転ぶ都是自動詞；転がす、転ばす是他動詞，它們對應關係複雜，適用的場合不同。

1 ころがる（転がる）（自、五）──

1 表示球狀、筒狀、細長的東西（包括人）滾、滾動。

● ボールが手から外れて向こうへと転がっていた。
／球從手上掉下來，滾到那邊去了。

● 鉛筆がつくえの上から転がって落ちた。
／鉛筆從桌子上滾落了。

沒有此用法。

● あの方は去年高雄へ越していった。
／那個人去年搬到高雄去了。

● 田中先生は新宿から中野へお引っ越しになりました。
／田中老師從新宿搬到中野去了。

● 寝台から転がって落ちた。
／従床鋪上滾下來了。

2 表示立著的東西倒下、摔倒。

● コップが転がって割ってしまった。
／杯子倒了，摔破了。

● 石につまずいて転がった。
／絆到石頭摔倒了。

3 表示某種東西在某處扔著、滾著。

● 道には石塊が転がっている。
／道路上散佈著滾滾碎石。

② ころげる（転げる）（自、下一）

與転がる1-1、1-2的用法相同，1-1例句中的転がる都可以換用転げる，但它沒有転がる1-3表示扔著、滾著的用法，因此下面的句子是不通的。

×道には石塊が転げている。

③ ころぶ（転ぶ）（自、五）

1 基本含義表示立著的東西（包括人）倒、倒下、摔倒。

● 石につまずいて転んだ。
／絆到石頭摔倒了。

● 転ばないように気をつけなさい。
／請小心不要摔倒了。

● 自転車で転んで足にけがをした。
／騎脚踏車跌倒腳受了傷。

2 表示球狀的東西在滾動、滾。

● 毬が転ぶ。
／球兒滾來滾去。

● 二階から下に転び落ちた。
／從二樓滾落到樓下去了。

④ ころがす（転がす）（他、五）

它是與自動詞転がる、転げる相對應的他動詞。

1 與転がる 1-1、転げる 的用法相對應，表示使球狀、筒狀、細長的東西滾、滾動。

● ボールを転がす。
／滾球。

● 石を山の頂きから転がして落とす。
／把石頭從山頂上滾下去。

● ビールの樽を転がして運ぶ。
／用滾的方式搬運啤酒桶。

2 與転がる 1-2 的用法相對應，表示弄倒、碰倒立著的東西。

● コップを転がして割ってしまった。
／把杯子碰倒弄碎了。

● 足を払って相手を転がした。
／腿一掃，把對方絆倒了。

3 與転がる 1-3 的用法相對應，表示某種東西零散地扔著、滾著。

⑤ **ころばす**（転ばす）（他、五）

它是與自動詞転ぶ相對應的他動詞，是由転ぶ後接せる構成転ばせる變化而來的，含有使…的意思。

/部屋の中にはいろいろの飲物の空き瓶や空き罐が転がしてある。

/房間裡扔著許多飲料的空瓶或空罐。

1 與転ぶ3-1的用法相對應，表示使…摔倒。

● 後ろから足を払って相手を転ばした。

/從後面掃腿，把對方摔倒了。

● 自転車で転ばして足にけがをした。

/騎腳踏車摔倒了，腳受了傷。

2 與転ぶ3-2的用法相對應，表示使球狀的東西滾動、滾。

● ビールの樽を転ばして運びなさい。

/用滾的方式搬啤酒桶。

從以上說明可以知道，幾個單字的對應關係大致如下：

33 こわす、こわれる

1 こわす（壊す）（他、五）——

1 表示把某種東西搞壞、弄壞、破壞。

● コップを床に落として壊した。
／杯子掉到地板上摔破了。

● かぎを壊さないと部屋に入れない。
／不把鎖弄壞，進不了房間。

転がる（自）　　コップが〜た。

転げる（自）　　コップが〜た。

転ぶ（自）　　　彼は〜だ。

転がす（他）　　コップを〜た。

転ばす（他）　　彼は〜だ。

對應　對應　對應

● ちょっと不注意でラジオを壊した。
／稍一不注意，就把收音機弄壞了。

● そんなことをすると計画を壊すぞ。
／那麼做會破壞計畫的。

2 表示把大鈔找開，即換零錢。

● この一万円札を壊してください。
／請把這一萬日元找開。

3 表示搞壞身體或身體的某一部分。

● 体を壊しますから、無理をしないでください。
／會搞壞身體的，不要勉強！

● 食べすぎて腹を壊した。
／吃太多把腸胃弄壞了。

② こわれる（壊れる）（自、下一） ────

它是與他動詞壊す相對應的自動詞。

1 與壊す[こわ] 1-1 的用法相對應，表示某種東西壞了。

- コップが床[ゆか]に落ちて壊れた[こわ]。
  /玻璃杯掉在地上壞了。

- どういうわけか知らないが、ラジオが壊れた[こわ]。
  /不知道什麼原因，收音機壞了。

- かぎが壊れた[こわ]から、部屋[へや]に入れない[はい]。
  /鎖壞了，進不了房間。

- せっかくの計画[けいかく]が壊れた[こわ]。
  /辛辛苦苦的計畫被破壞了。

2 與他動詞壊す[こわ] 1-2 的用法相對應，表示大鈔換成了零錢。即把錢找開。

- 小銭[こぜに]がなくて、壊れません[こわ]。
  /沒有零錢找不開。

壊す[こわ] 1-3 相對應的用法，因此下面的說法是不通的。
× 体[からだ]が壊れます[こわ]から、無理[むり]をしないでください。
它沒有與壊す[こわ]
× どういうわけか腹[はら]が壊れた[こわ]。

● さ

34 さく、さける

① さく（裂く）（他、五）──

1 表示用力將紙、布之類薄薄的東西撕開。

● 彼は怒って手紙をずたずたに裂いてしまった。
／他生氣得把信撕得粉碎。

● 着物を釘にひっかけて裂いた。
／衣服掛在釘子上撕壞了。

● 手にけがをしたので、ハンカチを裂いてけがの手当をした。
／手受了傷，把手帕撕開處理傷口。

● するめを裂いて食べた。
／把魷魚乾撕著吃。

2 表示將雙方的關係搞壞。相當於使分裂、破壞。

● 兄弟の関係<small>(きょうだい)</small>を裂<small>(さ)</small>く。
／破壞兄弟之間的關係。

● 私<small>(わたし)</small>は二人<small>(ふたり)</small>の関係<small>(かんけい)</small>を裂<small>(さ)</small>くようなことはしません。
／我不做破壞兩人關係的事。

3 表示預定做某種用途的金錢、時間、東西挪做他用，這時多不寫漢字。相當於中文的分出、匀出。

● 小遣<small>(こづか)</small>いをさいて本<small>(ほん)</small>を買<small>(か)</small>った。
／挪出零用錢買書。

● 時間<small>(じかん)</small>をさいて彼<small>(かれ)</small>と一時間<small>(いちじかん)</small>も話<small>(はなし)</small>をした。
／挪出時間，和他談了一小時。

② さける（裂<small>(さ)</small>ける）（自、下一）

● 父<small>(ちち)</small>は子供<small>(こども)</small>に土地<small>(とち)</small>をさいてあたえた。
／父親把土地分給孩子。

它是與他動詞裂く1-1相對應的自動詞，表示由於強大的力量，使某些薄的東西、粗的東西被撕開、裂開。

● 消しゴムで字を消したら、紙がビリビリっと裂けてしまった。
／用橡皮擦擦字，把紙擦破了。

❸ 着物のすそを釘にひっかけたら、裂けてしまう。
／和服的下襬如果掛在釘子上，就會被勾壞。

● 着物の縫い目が裂けた。
／和服的接縫裂開了。

● 口が裂けても言わない。
／就算撕了我的嘴也不說。

● 落雷で大木が真っ二つに裂けた。
／遭到雷擊，大樹裂成兩半。

它沒有與自動詞裂く1-2、1-3相對應的用法，因此下面的說法是不通的。

× 二人の仲が裂けた。

× 小遣いが裂けて本を買った。

35 さげる、さがる

① さげる（下（さ）げる）（他、下一）

1 表示將某種東西從高處放下、放低。

● 頭（あたま）を下（さ）げてお辞儀（じぎ）をした。
／低頭行禮。

● 電燈（でんとう）を少（すこ）し下（した）に下（さ）げないと見（み）えない。
／不把燈放低一點是看不見的。

● みんなは手（て）を上（あ）げたり下（さ）げたりして体操（たいそう）をしている。
／大家手一會舉起一會放下地做體操。

引申用於抽象比喻，表示降下、降低。

● 値段（ねだん）を下（さ）げる。
／降低價格。

● 温度（おんど）を下（さ）げる。
／降低溫度。

● 家賃を下げる。
／降低房租。

● 解熱剤で熱を下げる。
／用退燒藥退燒。

2 表示將某種東西掛、吊在某處。

● 入り口に名前を書いた札が下げてある。
／在入口處掛著一個名牌。

● 軒に釣燈籠を下げる。
／在屋簷下掛燈籠。

● ピストルを腰に下げる。
／把手槍掛在腰上。

3 表示將某種東西向後推、往後挪，或者撤下。

● 椅子を後へ下げてください。
／請把椅子往後挪。

● 道を広げるから、建物を少し下げなければならない。

/因為要拓寬道路，所以必須把建築物向後推。

● 食事をすんだらすぐお膳を下げます。

/吃完飯立刻收掉餐盤。

---

② **さがる**（下がる）（自、五）

它是與他動詞下げる相對應的自動詞。

1 與**下げる** 1-1 **的用法相對應，表示某種東西向下下垂著、放著。**

● 彼の話を聞いてみんなは頭が下がった。

/聽了他說的話，大家都很欽佩。

● 天井から電燈が下がっている。

/電燈從天花板垂下來。

● 米の値段が下がった。

/米價下跌了。

引申用於抽象比喻，表示降低、下降。

● 紙幣の値打ちがずっと下がった。

/紙鈔的價值下跌了許多。

二月になれば、気温はもっと下がる。
／到了二月氣溫會降得更低。

解熱剤を飲んだから熱が下がった。
／吃了退燒藥，所以退燒了。

2 與下げる1-2的用法相對應，表示掛著、垂著。

店の入り口には「本日休業」という札が下がっている。
／在店門口，掛著一個「今天停業」的牌子。

軒には釣燈籠が下がっている。
／屋簷下掛著一個燈籠。

腰にはピストルが下がっている。
／腰上掛著個手槍。

雖然與下げる1-2用法對應，但不是有意識做出的行為時，只能用下がる，而不能用下げる。如：

軒下につららが下がっている。
／屋簷下掛著冰柱。

3 與下げる 1-3 的用法相對應，表示向後挪、向後退。

●
/請往後退一步。
一歩<ruby>下<rt>さ</rt></ruby>がってください。

●
電車が<ruby>来<rt>き</rt></ruby>たので、<ruby>危<rt>あぶ</rt></ruby>ないと<ruby>思<rt>おも</rt></ruby>って<ruby>後<rt>うしろ</rt></ruby>へ<ruby>下<rt>さ</rt></ruby>がった。
/電車來了，我覺得很危險便往後退了退。

36 さずける、さずかる

兩個詞雖也是相對應的自他動詞，但它們與一般自他動詞的關係稍有不同。

1 さずける（<ruby>授<rt>さず</rt></ruby>ける）（他、下一）────

一般用Ⓐ はⒷにⒸを<ruby>授<rt>さず</rt></ruby>ける句型，表示某人Ⓐ 將某種東西Ⓒ 授予Ⓑ 。這時Ⓐ 一般是地位高於Ⓑ 的。相當於中文的授予、發給、傳授等。

●
<ruby>校長先生<rt>こうちょうせんせい</rt></ruby>は<ruby>野村<rt>のむら</rt></ruby>に<ruby>優等賞<rt>ゆうとうしょう</rt></ruby>を<ruby>授<rt>さず</rt></ruby>けた。
/校長頒給野村優等獎。

- お医者さんの王先生は秘伝を弟子に授けた。

／王醫生把秘方傳給了徒弟。

- 試合の前夜、監督が秘策を授けた。

／在比賽前晚，教練傳授了秘密戰術。

② さずかる（授かる）（自、五）

本書採用了佐久間鼎教授的說法，認為它是與他動詞授ける相對應的自動詞。雖說是自動詞但可以用〜を授かる，構成Ⓑは Ⓐ から Ⓒ を授かる或 Ⓒ は Ⓑ が授かる句型，表示某人 Ⓑ 從 Ⓐ 那裡接受了某種東西 Ⓒ ，Ⓑ 的地位一般是低於 Ⓐ 的。相當於國語的領、領受、領到、得。

- 田中さんは校長先生から褒美を授かった。

／田中從校長那裡領到了獎品。

- 弟子は先生から秘伝を授かった。

／徒弟從師傅那裡學得了秘方。

- 祈願の甲斐があって、神から子供を授かった。

／祈禱應驗，神賜予了孩子。

37 ┃ さめる、さます

1 さめる（冷める）（自、下一）

1 表示熱的東西（多是液體的、個別是固體的）變涼、變冷。

● お湯・お茶・スープ・ごはんが冷めた。
／開水・茶・湯・飯涼了。

● お風呂が冷めないうちに入りなさい。
／趁洗澡水還沒有涼，進去洗吧！

● ごはんが冷めたらもうおいしくありません。
／飯涼了就不好吃了。

● 鉄は冷めないうちに打て。
／打鐵要趁熱。

2 用於抽象比喻，表示某種興趣、感情等變得淡薄。可根據前後文適當翻譯。

● 競馬熱が冷めた。
／賽馬風潮降溫了。

● 二人の愛情は少し冷めた。
／兩人的愛情有點降溫了。

② さます（冷ます）（他、五）

它是與自動詞冷める相對應的他動詞，含有使…的意思。

1 與自動詞冷める1-1的用法相對應，表示使某種熱的東西（多是液體的，個別是固體的）變涼、變冷。相當於中文的放涼、冷卻。

● お湯・お茶・スープ・ごはんを冷ます。
／把開水・茶水・湯・飯放涼。

● あついスープを口で吹いて冷ます。
／用嘴把熱湯吹涼。

● あついお茶だから、少し冷ましてからお飲みなさい。
／茶還很燙，請先放涼一會兒再喝。

● 鉄(てつ)を加熱(かねつ)したのち、ゆっくり冷(さ)ます。

／加熱鐵之後，再緩慢冷卻。

2 與自動詞冷(さ)める 1-2 的用法相對應，也用於抽象比喻，表示使某種興趣、感情變得淡薄、下降。

● 彼女(かのじょ)はもともとそんな女(おんな)なんだ。君(きみ)も少(すこ)し熱(ねつ)を冷(さ)ましたほうがいい。

／她本來就是那樣的女人，你的熱情也該降下來了。

● 子供(こども)の泣(な)き声(ごえ)で、せっかくの音楽(おんがく)にも興(きょう)を冷(さ)ましてしまった。

／因為孩子的哭聲，使得聽音樂難得的好興致都被打壞了。

◎ し

38 │ しずむ、しずめる

① しずむ（沈む）（自、五）

1 作為浮く、浮かべる 的反義詞來用，表示某種東西下沉。

● 石は水に沈むが、木は沈まない。
／石頭會沉入水裡，木頭則不會。

● 船は魚雷にやられて沈んだ。
／船遭到魚雷撃沉了。

● 死体が河底に沈んでいた。
／屍體沉到水底下了。

● 太陽が山に沈んだ。
／太陽下山了。

也可以用來表示太陽下山、月亮西沉。

● 月が沈んだ。
／月亮西沉了。

引申用於抽象比喻，表示沉到下層。

● そのことがあってから、彼は悲惨のどんぞこに沈んだ。
／那件事情發生了以後，他陷入了悲慘的深淵。

2 表示由於一些擔心的事情，而陷入了憂鬱、消沉。

● 千恵ちゃんはお母さんに死なれて、悲しみに沈んでいる。
／千恵子的母親去世了以後她因悲傷而消沉。

● 私はその話を聞いて沈んだ気持ちになった。
／我知道那件事後，感到很悲傷。

● どうしたことか知らないが、彼は沈んだ顔で帰ってきた。
／不知道什麼緣故，他沉著一張臉回來了。

② しずめる（沈める）（他、下一）

它是與自動詞沈む1-1的用法相對應的他動詞，表示使…沉下去。

●木を水の中に沈めることができません。

／木頭沉不到水裡去。

●その海戦で敵の航空母艦を沈めた。

／在那場海上戰役中，擊沉了敵人的航空母艦。

●その海戦で多くの水兵は死体を海底に沈めた。

／在那場海上戰役中，許多士兵屍沉海底。

引申用於抽象比喩，用身を沈める，表示落魄、淪落。

●苦界に身を沈めた。

／淪落風塵。

●彼女はとうとう浮き川竹に身を沈めた。

／她終究淪落為娼。

它沒有與沈む1-2相對應的用法，因此下面的說法是不通的。

×悲しみに沈める。（○悲しみに沈む。）

×沈めた気持ち。（○沈んだ気持ち。）

39 しる、しれる

① しる（知る）（他、五）

基本含義表示知道。

● 先生はもうそれを知っている。
／老師已經知道那件事了。

● それはもう新聞に出たので、みな知っている。
／那件事已經上報了，大家都知道。

● 誰も彼の死因を知らない。
／誰也不清楚他的死因。

● 若いといっても、ものの善し悪しを知っている。
／雖然年輕，但也有判斷是非的能力。

● 酒を飲んで酔っていたので昨夜のことは何も知らない。
／喝醉了，完全不記得昨晚發生了什麼事。

② しれる（知れる）（自、下一）

它是與知る相對應的自動詞，含有知られる（被動或可能）的意思。相當於中文的被人知道、讓人知道或會知道、可以知道等。

● 先生に知れるとまずい。
／讓老師知道就不好了。

● 人に知れると困る。
／讓人知道了就慘了。

● それはもう新聞に出たので世間に知れている。
／那件事上報了，大家都知道。

● 死因はまだ知れていない。
／死因還不得而知。

● 彼は世界に名を知れた人だ。
／他是個世界名人。

● 失敗するのは知れたことだ。
／失敗是可想而知的。

● どうなるか知れない。
／究竟怎樣就不得而知了。

◉す

40 すむ、すます

① すむ（済む）（自、五）

1 表示某種事情、活動完了。

● やっと試験が済んだ。
／好不容易考完了。

● 三時に授業が済むから、そのときまで待ってください。
／三點放學，在那之前請耐心等候。

● 手術がまだ済まない。
／手術還沒結束。

● 二百十日もことなく済んだ。
／立春算起的第二百一十天（約在九月一日左右，常有颱風）也平安地過去了。

2 用～なくて（も）済む 或～ないで（～ずに）済む 句型，表示不…也可以、不…也

過得去。

● 今は忙しくないから女中はいなくても済む。

／現在不忙，女傭不在也沒關係。

● 古いのがあるから、買わなくても済む。

／還有舊的可用，不買也可以。

● この分なら手術しないで済むそうだ。

／看這種情形，不動手術應該也可以。

● 秋といっても暖かいから、上着を着らなくても済む。

／雖說是秋天，但天氣很暖和，不穿外套也可以。

3 用すまない、すみません，表示對不起。

● 約束の時間に遅れて誠にすみません。

／沒有趕上約定的時間非常抱歉。

● すみませんが、ついでにこの手紙をだしてください。

／對不起！請順便把這封信也寄出去。

② **すます**（済ます）（他、五）

它是由済む後接せる構成的済ませる變化而來的，是與済む相對應的他動詞，含有使…的意思。

1 與自動詞済む1-1的用法相對應，表示把某種事情、活動做完、結束。

● 試験を済ましてから、ハイキングに行きましょう。
／考完以後去郊遊吧！

● 部屋の掃除はもう済ました。
／房間已經打掃完了。

● 宿題なんか早いとこ済ましなさい。
／快點把作業做完。

● 今月の下宿代の支払いはもう済ました。
／這個月的住宿費已經繳了。

2 與済む1-2的用法相對應，一般用～で済ます句型，表示…就可以了。

● 節約して五千円で済ました。
／省了一點，五千日元就搞定了。

● ほしい本が見つからない、この本で済ますことにしましょう。
／我要找的書沒找到，就用這本代替吧。

● 昼ごはんはパンで済ました。
／午餐吃麵包打發了。

它沒有與済む1-3相對應的用法，即不能用來表示對不起。

◉ そ

41 ─ そだてる、そだつ

① そだてる（育てる）（他、下一）─

動作對象是人時，表示養育、教育子女或學生等；動作對象是其他動植物時，表示培育某

種品種。相當於國語的養、養育、教養、培育等。

● この子はミルクで育ててきたのだ。

／這個孩子是喝牛奶長大的。

● 親は子供を育てる義務がある。

／父母有養育孩子的義務。

● 先生の仕事は生徒を役に立つ人間に育てることだ。

／老師的工作就是培養學生成為有用的人。

● 美術学院で彼の美術の才能が育てられた。

／在美術學院培養出他的美術才能。

42 そだてる、そなわる

1 そなえる（備える）（他、下一）

／這種植物好像無法在日本生長。

この植物は日本では育たないらしい。

／他的音樂才能很快地培養了起來。

彼の音楽の才能はすくすくと育った。

／我生在鄉下，長在鄉下。

私は田舎で生まれ、田舎で育ったのです。

物成長起來。相當於國語的長、生長、成長。

它是與他動詞育てる相對應的自動詞，含有自然生長起來的意思，表示人或其他動物、植

2 そだつ（育つ）（自、五）

／爺爺正在培育新品種的蘋果。

おじいさんは今リンゴの新しい品種を育てている。

／在美術學院培養起他的美術才能。

1 表示配有某種用具、配備。

● ホテルの部屋には電話が備えてある。

／旅館的房間裡配有電話。

● 教室にレシーバーを備えたほうがいい。

／教室裡還是配有耳機比較好。

● この本は日本語を勉強する学生なら、誰でも備えておくべきです。

／只要是學習日語的學生，都應該要有這本書的。

2 引申用於人，表示人具有某種才能、性質。

● 彼には商才を備えている。

／他具有商業頭腦。

● 音楽の才能を備えていなければ、立派な音楽家にはなれない。

／沒有音樂細胞的話，無法成為出色的音樂家。

3 表示事先對某種事情、某種情況做好準備、做好防備。

● 弟が大学の入学試験に備えて勉強している。

／弟弟用功讀書，準備應付大學的入學考試。

● 年末年始の混雑に備えて列車を増発する。
／為了歲末年終的混亂交通做準備而增開列車。

● 病気を備えてお金を少しばかり貯めている。
／為了以後的醫療做準備，多少存點錢。

② そなわる（備わる）（自、五）──

　它是與他動詞備える相對應的自動詞，含有備えられる（被動）的意思。

1 與備える 1-1 的用法相對應，表示備有、配備某種設備。

● 部屋には暖房装置が備わっている。
／房間裡備有暖氣。

● 教室にはレシーバーが備わっている。
／教室裡備有耳機。

● 設備はまだ十分に備わっていない。
／設備還沒有備齊。

2 與備える 1-2 的用法相對應，表示具備某種才能、性質。

- 彼<small>かれ</small>には文学<small>ぶんがく</small>の才能<small>さいのう</small>が備<small>そな</small>わっている。
 ／他頗具文才。

×試験<small>しけん</small>に備<small>そな</small>わって勉強<small>べんきょう</small>している。

但它沒有備<small>そな</small>える1-3的用法，因此下面的說法是不通的。

43　そめる、そまる

1 そめる（染<small>そ</small>める）（他、下一）——

用⑧を⑥に染<small>そ</small>める句型，表示將某種東西⑧染成⑥這一顏色。相當於中文的染色、上色、塗色。

- この布<small>ぬの</small>を青<small>あお</small>に染<small>そ</small>めなさい。
 ／請把這個布染成藍色。

- 彼女<small>かのじょ</small>は爪<small>つめ</small>をピンク色<small>いろ</small>に染<small>そ</small>めた。
 ／她把指甲染成了粉紅色。

- 彼女（かのじょ）は毎週（まいしゅう）白（しろ）くなった髪（かみ）を黒（くろ）く染（そ）めるそうだ。
／據說她每週都把變白的頭髮染黑。

2 用於抽象比喻頰（ほほ）を染（そ）める，表示羞紅了臉。

- 恥（は）ずかしくて頰（ほほ）を染（そ）めた。
／羞得滿臉通紅。

- 頰（ほほ）を染（そ）めてうつむいた。
／滿臉通紅，低下了頭。

[2] **そまる**（染（そ）まる）（自、五）

它是與他動詞染（そ）める相對應的自動詞，含有染（そ）められる（可能）的意思。

1 用Ⓑは⑥に染（そ）まる句型，與染（そ）める1-1相對應，表示某種東西Ⓑ可以染成⑥。相當於國語的染上色、塗上色、上色。

- この布（ぬの）は綺麗（きれい）に染（そ）まります。
／這塊布染得很好。

- 髪（かみ）の毛（け）が白（しろ）くても、黒（くろ）く染（そ）まります。
／即使頭髮白了，也可以染黑。

2 用Ⓐ は Ⓓ に染まる句型，表示某人Ⓐ染上、沾染上某種惡習Ⓓ。他動詞染める

沒有這種用法。

● 悪い思想に染まった。
／沾染上了不好的思想。

● そんなことをすると、必ず悪習に染まります。
／那麼做一定會染上壞習慣。

由於它不是某人有意識地沾染上的，因此下面的說法是不通的。

× 彼は悪習に染めた。

另外，它沒有與染める 1-2 相對應的用法，因此不能用頬が染まる

× 恥ずかしくて頬が染まった。

---

44 そろえる、そろう

① そろえる（揃える）（他、下一）

1 表示將許多不夠整齊的東西弄齊，使其一致。可根據前後關係適當地譯成中文。

● 床屋さんは髪の毛の長さを揃え切ってくれた。

／理髮師傅把我的頭髮給剪齊了。

● 兵隊たちは足を揃えて歩いている。

／士兵們邁著整齊的步伐走著。

● みんなは声を揃えて歌をうたっている。

／大家齊聲唱著歌。

2 表示將必要的東西、人湊齊、備齊。

● 引っ越してから家具を揃えるつもりです。

／我打算搬家以後，把家具買齊。

● 私は日本へ来る前に、夏服ばかりでなく、冬服も揃えた。

／我來日本之前，不僅夏服，連冬衣也準備了。

● この仕事をするには十人ぐらい揃えなければならない。

／要做這個工作，必須湊齊十個人。

3 表示將成雙成對的東西（如鞋子、手套、筷子）擺齊、湊齊。

- お客さんの靴を揃えなさい。
/去把客人的鞋子擺齊。

- 箸を揃えなさい。
/去把筷子擺齊。

2 そろう（揃う）（自、五）────

它是與他動詞揃える相對應的自動詞。

1 與揃える 1-1 的用法相對應，表示許多不齊的東西變齊、齊。

- 下手な床屋さんなので、髪の毛が揃っていない。
/理髮師手藝不好，頭髮剪得長短不齊。

- 兵隊の歩く足がきれいに揃っている。
/士兵們的步伐整齊一致。

- 歌声が揃っていない。
/歌聲不諧調。

2 與揃える 1-2 的用法相對應，表示東西備齊、湊齊，或者人到齊。

● 家具は一応揃った。
／家具大致都有了。

● 小学校に入る子供の服はまだ揃っていない。
／還沒準備好孩子上小學穿的衣服。

● 人が揃ったから出かけましょう。
／人到齊了，我們出發吧！

3 與揃える 1-3 的用法相對應，表示成雙成對的東西（如：鞋子、手套、筷子等）備齊、擺齊。

● 靴が揃っていないが、どうしたのだろう。
／鞋子少一隻，怎麼辦才好？

● 箸がちゃんと揃っている。
／筷子一雙雙擺得整整齊齊。

◉た

45 たおす、たおれる

① たおす（倒す）（他、五）

1 表示將立著的東西弄倒、放倒。

● 危なく花瓶を倒すところだった。
／差一點就把花瓶碰倒了。

● 私は古い家を倒して新しい家を建てるつもりだ。
／我打算拆掉舊房子，蓋一棟新的。

● 昨晩の台風は多くの木を倒した。
／昨晚的颱風颳倒了許多樹。

2 引申用於抽象比喻，表示使敵人、政權等垮台、崩潰。

● 辛亥革命が起こってとうとう清の王朝を倒した。

／辛亥革命爆發，終於推翻了滿清王朝。

3 與踏み倒す的意思相同，表示借錢不還。相當於國語的賴帳。

● 始めから倒すつもりで、お金を借りた。

／一開始借錢時就打算賴帳。

● （私は）友だちに一万円ばかり倒された。

／我被朋友賴了近一萬日元的帳。

② **たおれる**（倒れる）（自、下一）

―――

它是與倒す相對應的自動詞，含有倒される（被動）的意思。

1 與他動詞倒す 1-1 用法相對應，表示立著的東西倒、塌。

● 花瓶が倒れた。

／花瓶倒了。

● 地震でたくさんの家が倒れた。

／由於地震，許多房子倒了。

● 嵐のために、多くの木が倒れた。

／因為暴風雨，許多樹都倒了。

2 與他動詞倒す1-2用法相對應，用於抽象比喻，表示政權等垮台。

● 一九一一年、清の王朝が倒れた。
／一九一一年滿清王朝覆沒了。

3 表示公司、企業等倒閉、人病倒、死亡。他動詞倒す沒有和它相對應的用法。

● 不景気で多くの会社が倒れた。
／由於不景氣，許多公司倒閉了。

● 野村さんは無理をしすぎてついに倒れた。
／野村由於過度勞累，最後病倒了。

由於倒す沒有此用法，因此下面的說法是不通的。
×不景気は多くの会社を倒した。

46 たかめる、たかまる

① たかめる（高める）（他、下一）

表示提高某種水準、程度等。

● 標準・生活水準を高める。
／提高標準・生活水準。

● 生産・文化・教養を高める。
／提高生產量・文化水準・教養。

② **たかまる**（高まる）（自、五）

它是與他動詞高める相對應的自動詞，含有高められる（被動、可能）的意思，表示客觀存在的水準、程度提高了。

● 標準・生活水準が高まった。
／標準・生活水準提高了。

● 生産・文化・教養が高まった。
／生產量・文化水準・教養提高了。

它還可以用於具體的客觀事物。例如：

● 波がだんだん高まってきた。
／海浪漸漸高漲了。

× 波がだんだん高められた。

這句話是講客觀存在的，海浪漲潮是人們意志不能左右得了的。因此不好用高める。

／波がだんだん高められる。

47　だす、でる

出る與出す是相互對應的自他動詞，但它們與其他相互對應的自他動詞稍有不同：同一個漢字出字，自動詞時讀作で，他動詞時讀作だ。

它們的用法較多，在這裡就主要用法稍加比較說明。

① だす（出す）（他、五）

1 用 Ⓐ は Ⓑ を 出す 句型，表示某人 Ⓐ 把某種東西 Ⓑ 弄到外面。相當於國語的拿出、搬出、露出、伸出等。

● 家財道具を外に出す。

／把家裡的東西搬到外面。

● 火山は噴火口から煙を出している。

／火山從火山口噴出煙來。

● あの老人はいつも鼻水を出している。
／那個老人總是流著鼻涕。

● よくないと知りつつも、ついに甘いものに手を出した。
／雖然知道不好，但還是忍不住去拿了甜食。

2 用於抽象比喻，用Ⓐは©を出す句型，表示某人、某個組織Ⓐ拿出、發出©等。

● 当局は奨励金を出すそうだ。
／據說當局會頒發獎金。

● 本部はもう命令を出した。
／總部已發出命令。

3 用Ⓐはに⑤を出す句型，表示某人Ⓐ讓某人⑤參加、出席某一會議、比賽Ⓔ。

● 田中君を試合に出すことになった。
／決定讓田中參加比賽了。

4 用Ⓐは⑤を⑥に出す句型，表示某人Ⓐ將某種東西⑤交給某人⑥。自動詞出る沒有此用法。

● レポートを先生に出す。
／將報告交給老師。

● 入らないものを屑屋に出す。
／將不用的東西賣給做回收的人。

② でる（出る）（自、下一）─────

它是和他動詞出す相對應的自動詞，但只是部分用法對應，有許多用法是不對應的。

1 與出す的用法相對應，用Ⓑが出る句型，表示某人、某物Ⓑ出來。

1-1 的用法相對應，用Ⓑが出る句型，表示某人、某物Ⓑ出來。

● 朝起きると、外へ出て朝の体操をする。
／早上起來，到外面做早操。

● 火山は噴火口から煙が出ている。
／火山的出火口冒著煙。

● 鼻水が出ている。
／流著鼻涕。

● 高くて手が出ない。
／東西貴，買不起。

用來講自然現象，如日、月等出來時，由於它的出來是自己出來的，而不是人們的意識所能左右得了的，因此可以用～が出る，而不能用～を出す。例如：

● 太陽が 東から 出た。
／太陽從東方出來了。

● 月が 出た。
／月亮出來了。

相反地出來的東西，需要人力來移動的，則只能用～を出す，而不能用～が出る。

● みな本を 出した。
／大家拿出了書本。

2 與出す1-2的用法相對應，用於抽象比喻，用Ⓐから©が出る句型，表示從某人、某單位Ⓐ拿出、發出©。

● 会社から 奨励金が 出るそうです。
／據說公司會發獎金。

● 本部から 命令が 出た。
／本部發出了命令。

3 與出す1-3的用法相對應，用Ⓐが Ⓑに出る句型。表示某人Ⓐ參加、出席某一個會議、比賽Ⓑ。

● 田中君が試合に出ることになった。

／決定由田中參加比賽了。

但它沒有出す1-4的用法，因此下面的說法是不通的。

×レポートが先生に出た。

4 出る雖是自動詞，但可以用～を出る，即用Ⓐは Ⓑを出る句型，表示某人Ⓐ離開某地、某一學校Ⓑ。這時則不能用出す。

● 下宿を出る（×下宿を出す）。

／離開宿舍。

● 大学を出て（×大学を出して）社会に入る。

／大學畢業進入社會。

● 十年前故郷を出て（×故郷を出して）東京にやってきた。

／十年前離開家鄉，來到東京。

● 玄関を出たら（×玄関を出したら）雨が降っていた。

／走出大門，就下起雨了。

5用ⒶがⒷに（へ）出る句型，表示某人Ⓐ到達某一地點Ⓑ。出す沒有此用法。

● それは駅へ出る道だ（×駅へ出す道だ）。
／那是往車站的路。

● あの角を右へ曲れば海岸公園に出ます（×海岸公園に出します）。
／在那個轉角右轉，就到海岸公園了。

● 大通りに出た（×大通りに出した）ところで友達に会った。
／走過大街的時候，遇到了一位朋友。

以上是他動詞出す、自動詞出る的主要用法及其相互之間的關係。

48　たすける、たすかる

① たすける（助ける）（他、下一）

1 用ⒶはⒷを助ける句型，表示某人Ⓐ救了另一個人Ⓑ的生命或解除了Ⓑ肉體上、精神上的痛苦。

- 通行人が溺れかけていた子供を助けた。
／路人救了那個即將溺死的孩子。

- お医者さんの田村先生が私の命を助けてくれた。
／田村醫生救了我的命。

- 犬に吠えられて怖かったので、「助けて」と叫んだ。
／被狗一吠我就害怕了，大喊「救命啊」！

- 危ういところを助けられた。
／在危急的時候被救了。

2也用Ⓐは Ⓑを助ける句型，表示某人Ⓐ幫助某人Ⓑ，解除經濟方面的困難。意同於幫助、救助。

- 貧乏な人を助けるためにお金を集めています。
／為了幫助窮人而募捐。

- 台風の被害者たちを助けるために、不用な衣類などを送った。
／為了幫助颱風災害的人們，送了一些我們用不到的衣物。

②たすかる（助かる）（自、五）

它是與助ける相對應的自動詞，基本上與助ける相對應使用。

1用Ⓑは（Ⓐによって）助かる句型，表示某人Ⓑ由於Ⓐ而得救，或由於Ⓐ，使Ⓑ在精神上、肉體上的痛苦得以解除。但Ⓐ往往不出現在句子裡。相當於中文的得救。

● 溺れそうになったが、運よく助かった。
／眼看就要被淹死了，但很幸運地得救了。

● 注射を打ってもらって助かった。
／讓醫生打了針，才得救。

● 試験が中止になって（私は）助かった。
／考試中止，我得救了。

● この病状では助かるまい。
／這種病情，恐怕是救不了的。

2也用（Ⓑは）助かる句型，表示某人Ⓑ在經濟上省錢，在勞力上省力；在時間上省時。相當於國語的省…。

● 米の値段が下がって助かった。
／米價下跌了，省了點錢。

- 野菜が安くなったので、助かった。

／蔬菜降價了，省了些錢。

- 電気洗濯機を使うので助かった。

／用洗衣機很省事。

它雖是與他動詞助ける相對應的自動詞，但它與助ける的用法不完全相同：

用助ける時，它的動作對象一般不能用無生物，即不能用某種東西；但用自動詞助かる時，則可以用無生物（即某種東西）作主語。例如：

- 金は盗まれたが、時計は助かった。

／錢被偷了，但手錶沒事。

- 台風で大方の船は沈没したが、うちの船は助かった。

／因為颱風許多船都沉了，可是我家的船保住了。

49 たつ、たてる

兩詞的用法較多，在這裡只就主要用法稍加比較說明。

① **たつ**（立つ）（自、五）

1 用Ⓐが立つ句型，表示人或物Ⓐ站、站立、站著、豎著、立著。

● 彼は橋の上に立って川を眺めていた。
／他站在橋上眺望著河川。

● そんなところに立つと邪魔になるよ。
／站在那很礙事耶！

● 道端には道しるべが立っている。
／路旁立著路標。

● 店の前には大きな看板が立っている。
／在商店前面，立著一個大招牌。

● 村のはずれに大きな木が一本立っている。
／村子外圍有一棵大樹。

2 用Ⓑが立つ句型，表示一些氣體、煙或塵等Ⓑ從低處向高處升起。相當於中文的「升起」、上升或適當地譯作中文。

● 湯気が立っている。

／冒著熱氣。

●
工場の煙突から煙が立っている。

／工廠裡的煙囪冒著煙。

●
埃が立ちますから、水をまいてから掃きなさい。

／會揚起灰塵，所以灑完水以後再掃。

3它雖是自動詞，但可以用～を立つ，即用Ⓐが（Ⓒを）立つ句型，表示某人Ⓐ離開某一地方Ⓒ。

●
彼は席を立って出て行った。

／他離開座位出去了。

●
田中さんは昨日の汽車で東京を立った。

／田中先生搭昨天的火車離開了東京。

●
佐藤さんは今晩アメリカへ立つ。

／佐藤先生預計今晚到美國去。

②
たてる（立てる）（他、下一）

它是與自動詞立つ相對應的他動詞。

1 與立つ₁₋₁的用法相對應，用Ⓑが Ⓐを立てる句型，表示某人Ⓑ豎起、立起某種東西Ⓐ。

● 道しるべを立てる。

／豎立一個路標。

● 店の前には大きな看板を立てた。

／在店門口立起了一個大招牌。

但這一他動詞的動作對象是人時，一般不用立てる，而要用立たせる，表示讓某一個人站起。

● 先生は李君を立たせて聞いた。

／老師讓李同學站起來，問他話。

2 與立つ₁₋₂的用法相對應，用Ⓑが Ⓐを立てる句型，表示某人或某種東西Ⓑ，使煙、塵、氣Ⓐ等從低處向高處升起，可譯作中文的冒、冒出、升起、吹起等。

● 部屋を暖めるためにお湯を沸かして湯気を立てている。

／為了暖和房間，燒水讓蒸汽冒出。

汽車は煙を立てて走っている。
／火車冒著黑煙前進著。

強い風が吹いて、砂埃をものすごく立てている。
／颳著大風，吹起萬丈塵土。

×席を立てて出ていった。
它沒有立つ1-3的用法，即沒有離開的意思，因此下面的說法是不通的。

除此之外，當慣用語來用時，立つ與立てる一般是可以相互對應使用的。例如：

お湯を立てる。
／燒開水。

風呂を立てる。
／燒洗澡水。

泡を立てる。
／使它起泡。

音を立てる。
／使之發出聲音。

お湯が立つ。
／水開了。

風呂が立つ。
／洗澡水燒好了。

泡が立つ。
／起泡。

音が立つ。
／有聲音。

● 腹(はら)を立(た)てる。
／使生氣。

● 面目(めんもく)を立(た)てる。
／使面子保住

● 顔(かお)を立(た)てる。
／使面子保住。

● 義理(ぎり)を立(た)てる。
／盡情分。

● 噂(うわさ)を立(た)てる。
／傳播謠言。

● 手柄(てがら)を立(た)てる。
／立功。

● 役(やく)に立(た)てる。
／使之有用。

● 腹(はら)が立(た)つ。
／生氣。

● 面目(めんもく)が立(た)つ。
／保住面子

● 顔(かお)が立(た)つ。
／保住面子

● 義理(ぎり)が立(た)つ。
／盡了情分。

● 噂(うわさ)が立(た)つ。
／走了風聲，謠言傳開。

● 手柄(てがら)が立(た)つ。
／立功。

● 役(やく)に立(た)つ。
／有用。

◎ ち

ちがう、ちがえる

① ちがう（違う）（自、五）

1 Ⓐ は Ⓑ と違う 或 Ⓐ と Ⓑ とは違う 句型，表示兩種東西、Ⓐ 與 Ⓑ 不同。

● 訳文は原文と少し違う。
／翻譯和原文稍有不同。

● これとそれとは値段が違う。
／這個和那個價錢不同。

● 外から見ると同じようだが、中は全然違う。
／從外面看好像是一樣的，但裡面完全不同。

● 弟と兄とは全く違う。非常にがっちりしている。
／弟弟和哥哥完全不同，是個非常精明的人。

2 用Ⓐが違う 句型，表示某種東西、某種活動Ⓐ錯誤、錯。

● あなたの言うことが違っている。
／你說錯了。

● 答え違うのは計算が間違えたからだ。
／答案錯是因為計算錯誤。

2 **ちがえる**（違える）（他、下一）──

它是自動詞違う相對應的他動詞，含有使⋯的意思。

與違う 1-1 用法相對應，用Ⓐを
1-2 Ⓑに違える或Ⓒを違える句型，分別表示把某種東西、某

人Ⓐ搞錯成了Ⓑ，或某種東西錯了。

● 「未」を「末」に違えて書いてはいけません。
／不要錯把「未」字寫成「末」字。

● うっかりして道を違えた。
／不小心走錯路了。

● 訳者は原文を違えた。
／譯者把原文的意思弄錯了。

● 彼は値段を違えた。
／他把價錢搞錯了。

51 ちかづく、ちかづける

① ちかづく（近づく）（自、五）

1 一般用Ⓐが（Ⓒに）近づく句型，表示某人、某種東西Ⓐ靠近某一場所Ⓒ。

● 危ないところに近づかないでください。
／請不要靠近危險的地方！

● 船がだんだん岸に近づいてきた。
／船漸漸靠岸了。

2 也用Ⓐが「Ⓒに近づく句型，但這個句型裡的Ⓐ與Ⓒ都是人，表示Ⓐ接近Ⓒ。

● あの男は首相に近づくチャンスがある。
／他有機會接近首相。

● 誰も彼に近づかない。
／誰も彼に近づかない。

／誰也不接近他。

● あんな悪い人に近づいてはいけない。

／不要接近那種壞人。

3 用⑧が近づく句型，表示某一日期⑧臨近、來臨。

● 試験が近づいた。

／考試將近。

● 春が過ぎて、夏が近づいてきた。

／春去夏來。

2 ちかづける（近づける）（他、下一）

それは自動詞近づく相對應的他動詞，含有使⋯的意思。

1 與自動詞近づく的用法相對應，一般用⑧を（⑥に）近づける句型，表示使某人、某種東西⑧靠近、挨近⑥。

● 子供を危険な場所に近づけないように。

／不要讓孩子靠近危險的地方。

- ガソリンを火に近づけてはいけない。
/不要讓汽油靠近火源。

2 與近づく1-2的用法相對應，用Ⓐを©に近づける句型，Ⓐ與©都表示人，表示使某人Ⓐ接近©。

- 彼女はあまり人を近づけない。
/她不太讓人接近。

/試験を近づけた。

近づく1-3表示時間的臨近、靠近，但由於時間、時期是客觀的存在，不是人們的意志所能左右的，因此近づける不能用於讓時間接近，下面的句子是不通的。

×試験を近づけた。

〔參考〕「近づける」除了上述的用法之外，還可以表示「近づくことができる」（能夠靠近），這時是「近づく」的未然形後接可能助動詞「れる」構成「近づかれる」，然後約音成「近づける」。例如：

- 風のために、船は港に近づけなかった。
/因為風的關係，船隻無法停靠碼頭。

52 ちぢむ、ちぢまる、ちぢれる、ちぢめる、ちぢらす

上述五個動詞的漢字都寫作縮字，其中縮む、縮まる、縮れる是自動詞；縮める、縮らす是他動詞，但它們對應關係複雜，適用的場合不同。

① ちぢむ（縮む）（自、五）

1 表示具體東西長短的縮短、收縮、縮。

● メリヤスは水につけると、縮む。
／針織品一碰水就會縮水。

● 少し着物の丈が縮んだようだ。
／和服的長度好像縮水了。

● ナイロン生地は洗濯しても縮まない。
／尼龍布料即使洗了也不會縮水。

2 用於人，表示人的身體縮短、縮著。

● 年寄る背丈が縮む。
／年紀越長身高就越矮。

- 怖くて足が縮んでしまい、一歩も歩けなかった。
/嚇得縮著腿，一步也走不動。

- 寒くて、身が縮んだ。
/冷得身子縮成一團。

2 ちぢまる（縮まる）（自、五）

它與縮む相同，都是自動詞。

1 它不僅表示長短的縮短，還表示距離、間隔，甚至時間的縮短。

- メリヤスは水につけると、縮まる（○縮む）。
/針織品一下水就縮水。

- 飛行機ができてから、地球上の距離も縮まった（×縮んだ）。
/飛機出現以後，縮短了地球上的距離。

- 短縮授業時間が縮まった（×縮んだ）。
/由於是短期課程所以上課時間縮短了。

2 用於人，表示人身體的一部分縮著、縮小、縮短。

- 寒さで体が縮まった。
／冷得身體縮了起來。

③ ちぢれる（縮れる）（自、下一）

- 髪が縮れている。
／頭髮鬈曲。

它雖寫作縮，但與前面兩個動詞含義不同：縮れる表示某種東西起皺紋或者變卷。

④ ちぢめる（縮める）（他、下一）

- 服の丈を五センチばかり縮めてください。
／請把衣服的長度改短約五公分左右。

它是與自動詞縮む、縮まる相對應的他動詞。

1 與縮む 1-1、縮まる 2-1 的用法相對應，表示使某種物品的長度縮短。

- 一度編んだ毛糸は解くと、縮れていてそのままでは使えない。
／使用過的毛線拆了以後會卷曲，不能直接使用。

- 洗濯したままのシャツは縮れていて、アイロンをかけなければならない。
／洗濯的襯衫滿是摺痕，要用熨斗熨一熨。

2 **與縮む**1-2、**縮まる**2-2**的用法相對應，表示把人身體的一部分縮回、縮短。**

- 門が低くて、首を縮めなくては入れない。

/門很矮，不縮著脖子進不去。

- 足を縮めて飛びおりた。

/縮著腳跳了下去。

5 **ちぢらす**（縮らす）（他、五）

它是與自動詞縮れる相對應的他動詞，表示使某種東西變卷、使某種東西出現皺褶。

- 薬で髪を縮らす。

/用藥水使頭髮鬈曲。

歸納起來，上述五詞的對應關係大致如下：

- 它還表示將距離、間隔、時間等縮短。

- 飛行機が地球上の距離を縮めた。

/飛機讓地球上的距離縮短了。

- 工事の期限を二ヵ月ばかり縮めた。

/把工程期限縮短了近兩個月。

53 ちる、ちらばる、ちらかる、ちらす、ちらかす

五個詞的漢字都寫作散字，其中散る、散らばる、散らかる是自動詞；散らす、散らかす是他動詞，自他的對應關係複雑，適用的場合不同。

① ちる（散る）（自、五）――

1 **表示花謝、花落；東西散開、散落。**

● 桜の花がもうじき散ってしまうだろう。
／櫻花很快就會謝了吧！

縮む（自）　服の丈が～だ。

縮まる（自）　地球上の距離が～た。

縮める（他）　服の丈を～た。

縮れる（自）　髪の毛が～ている。

縮らす（他）　髪の毛を～た。

地球上の距離を～た。

服の丈を～た。

髪の毛を～た。

對應

對應　對應

● 岩にぶつかって白い波が散った。
／白色的波濤打在岩石上散了開來。

2 表示人們散去、散開。

● 観客が三三五五と散って行った。
／觀眾三三兩兩地散去。

● 警察がやってきてから、群衆はすぐ散って行った。
／警察來了之後，群眾立刻散去了。

3 引申用於抽象比喻，表示傳聞、謠言等流傳開、流傳。

● そんな噂が町中に散った。
／那樣的傳聞在城市裡流竄著。

● 物価がもっと上がるだろうという噂が市内に散って、人々は不安になった。
／物價將再上漲的傳言在市裡傳開後，人們感到很不安。

② **ちらばる**（散らばる）（自、五）——

1 表示人或商店等散佈、遍佈在各地。沒有與它相對應的他動詞。

大学の同級生は今では方々に散らばっている。
／大學的同班同學，現在各奔東西。

生徒たちは公園のあちこちに散らばって弁当を食べている。
／學生們散佈在公園各處，吃著便當。

松下会社の支店は日本ばかりではなく、世界各地に散らばっている。
／松下的分公司不僅在日本，也遍及世界各地。

2 表示某種東西零散地扔在某一地方、場所。

子供の部屋におもちゃが散らばっている。
／孩子的房間裡，散亂著一些玩具。

机の上に散らばっている本や雑誌を片付けなさい。
／把扔在桌子上的書、雜誌都收拾起來！

③ ちらかる（散らかる）（自、五）——

街路にビラが散らかっている。
／街上到處散落著傳單。

與散らばる 2-2 的意思、用法相同，表示某種東西零亂地扔在某一地方、場所。

● 部屋が散らかっている。

／房間搞得亂七八糟。

● 片付けたばかりなのに、どうしてまた散らかっているのでしょう？

／才剛收拾完，為什麼又扔得到處都是呢？

④ ちらす（散らす）（他、五）

它是與自動詞散る相對應的他動詞，是由散る的未然形後接使役助動詞せる構成的散らせる變化而來的，含有使…的意思。

1 與散る 1-1 的用法相對應，表示使某種東西落下、散開。

● 強い風が一晩のうちに桜の花を散らしてしまった。

／大風一個晚上就把櫻花吹落了。

● 風が雲を散らして空が晴れ上がった。

／風吹散了雲，天空放晴了起來。

2 與散る 1-2 的用法相呼應，表示使人們散開、散去。

● 兵隊を四方に散らした。

／把軍隊分散到四面。

3 與 散る 的用法相對應，用於抽象比喻，表示傳播流言蜚語。

1-3

● 警察は集まってきた野次馬を散らした。
／警察驅散了來看熱鬧的人們。

● 誰かが悪い噂を散らしたので、みんな迷惑している。
／有人散佈不實的流言，造成了大家的困擾。

---

⑤ ちらかす（散らかす）（他、五）

它是與自動詞 散らばる、散らかる 的用法相對應的他動詞，表示零散地扔、亂扔某種東西或把某一地方、場所搞得零亂。

2-2

● 子供たちは部屋中におもちゃを散らかして遊んでいる。
／孩子們把玩具亂扔在房裡玩。

● あなたには自分の部屋を散らかしておいてはいけません。
／你不可以把自己的房間搞得這樣亂七八糟的。

● 廊下や教室に紙くずを散らかしてはいけません。
／不要在走廊、教室裡亂扔紙屑！

歸納起來，五個詞相互對應關係大致如下：

散る（自）

散らす（他）

散らばる（自）

散らかる（自）

散らかす（他）

桜の花が～てしまった。

風が桜の花を～てしまった。

支店が各地に～ている。

おもちゃが～ている。

部屋におもちゃを～ている。

對應　對應　對應

◎つ

54 つかむ、つかまえる、つかまる

① つかむ（掴む）（他、五）──

1 表示抓住、握住某種東西不放開。

● 髪を掴んで引き倒した。
／抓住頭髮把對方撂倒了。

● これは僕のものだと掴んで離さない。
／倘若是我的東西，一旦拿了就不放手。

● 蛇の尻尾を掴んで振り回した。
／抓住蛇的尾巴就這麼甩了起來。

2 用於抽象比喻，表示抓住金錢、人心、機會等，有時可譯作掌握。

● 金を掴んだら絶対に離さないやつだ。

／他是一個拿到錢就絕對不放手的傢伙。

● 相手の気持ちさえ掴めばこの仕事は成功だ。

／只要掌握住對方的心情，這件事就成功了。

● 彼は人の心を掴むのが上手だ。

／他善於掌握人心。

● 機会を掴んでしっかりやるのだ。

／抓住機會好好做啊！

● やっと掴んだ幸せを、そうやすやす手放してなるものか。

／好不容易抓住的幸福，能就這麼輕易地讓它跑掉嗎？

② つかまえる（掴まえる）（他、下一）──────

表示捉住不放，但與掴む不同：掴む表示抓住某種東西，使它成為己物、作為己用；而掴まえる則表示抓住某人或某動物，不讓它逃掉。有時也用來講其他動物抓住某種東西。

● 警察は泥棒を掴まえた。

／警察捉住了小偷。

● 野生の馬を掴まえるのは、それほど難しくない。

／捉野馬並不太難。

● 逃げた犬を捕まえようとしたが、なかなか捕まらなかった。
／我想捉那條逃走的狗，但始終沒捉到。

● 雨だから、タクシーを捕まえて帰ってきた。
／因為下雨，所以我攔了一輛計程車回來了。

● 蜘蛛は網をはって虫を捕まえて食う動物だ。
／蜘蛛是結網捕蟲的動物。

● 腕を掴まえて（○掴んで）離さない。
／抓住胳臂不放。

● 蛇の尻尾を掴まえて（○掴んで）振り回す。
／抓住蛇的尾巴轉了起來。

也有人將掴まえる與掴む視為相同意思，表示抓住、握住。

③ **つかまる**（掴まる）（自、五）──
它是與掴む、掴まえる相對應的自動詞。

1 與掴む的用法相對應，表示抓住。

- 椅子に掴まって立った。

／扶著椅子站了起來。

- 転ばないように吊り革に掴まっていた。

／避免摔倒抓住了吊環。

與掴む相同，也可以用於抽象，如抓住機會、人的心理等。

- とうとうチャンスが掴まった。

／終於抓住了機會。

2 與掴まえる的用法相對應，含有掴まえられる（被動）的意思，表示被捉住。

- 逃げた泥棒は掴まった。

／逃跑的小偷被抓到了。

- 犯人はまだ掴まらない。

／犯人還沒有被捉住。

- 必死で逃げた鹿もついに、狼の群れに掴まってしまった。

／拚命逃跑的鹿，最終還是被狼群給捉住了。

- おしゃべりな奥さんに掴まって、つい長時間立ち話をしてしまった。

／被長舌的太太捉住，站在那裡講了好久的話。

あの先生は留守勝ちで、なかなか掴まらない。
／那位老師常不在家，我總找不到他。

雨天なので、タクシーはなかなか掴まらなかった。
／因為是下雨天，所以怎麼也攔不到計程車。

有時也含有掴まえられる（可能）的意思。

掴まる（自）

掴まえる（他）

掴む（他）

三詞的對應關係，歸納起來大致如下：

機会を〜。

泥棒を〜。

機会が〜た。

泥棒が〜た。

對應　對應

55　つたう、つたわる、つたえる

三個詞的漢字都寫作伝字，伝う、伝わる是自動詞；伝える是他動詞。三者對應關係複雜，適用的情況不同。

1 **つたう**（伝う）（自、五）──

它雖是自動詞，但可以用～を伝う，即構成Ⓐは Ⓑを伝う句型，表示某人、某種東西Ⓐ沿著、順著某種東西、某一路線 Ⓑ前進。

● 泥棒は屋根を伝って逃げた。
/小偷順著屋頂逃跑了。

● この川を伝って行けば町に出る。
/沿著這條河走，就可以走到鎮上。

● 崖を伝って行けば、この山を越えることができる。
/順著這山崖走，便可以越過這座山。

● 雨の玉が電線を伝って流れ落ちてる。
/雨滴順著電線流下。

2 つたわる（伝わる）（自、五）

它雖也是自動詞，但也可以用～を伝わる、即構成Ⓐは Ⓑを伝わる句型，表示某種東西Ⓐ沿著、順著某種東西Ⓑ移動；或用Ⓐは Ⓒに伝わる句型，但它與伝う不同：伝う的移動是可以看得到的；而伝わる的移動，則多是看不到的，如電、熱、聲音等的傳導、移動。

1 表示看不見的東西（如電、聲音、氣體等）沿著、順著某種東西移動。有時也可譯作「傳」等。這時不能換用「伝う」。

● 雷は避雷針の電線を伝わって（×伝って）地中に放電する。
／雷順著避雷針的電線導往地下。

● 花の香りがどこからともなく風に伝わって（×伝って）流れてくる。
／不知從什麼地方，隨著風傳來花香。

● ピアノの音が二階に伝わって（×伝って）きた。
／鋼琴的聲音傳到了二樓。

2 表示看得到的東西（如人等）沿著、順著另一種東西移動。這時也可用伝う。

● 泥棒が屋根を伝わって（○伝って）逃げた。
／小偷沿著屋頂逃跑了。

● 雨や水が壁を伝わって（○伝って）流れた。
／雨或水沿著牆流下來。

3 表示傳聞、新聞在人們當中相傳、流傳；或者某種東西代代相傳。

● 彼の評価は海外にも伝わっている。
／他的風評也傳到了海外。

● 田舎ではニュースの伝わるのが遅いです。
／在鄉下地方新聞傳播得很慢。

● これはこの地方の古くから伝わる習俗
／這是此地自古流傳下來的習俗。

● これは昔からこの家に伝わってきた宝だ。
／這是我們家自古流傳下來的寶物。

③ つたえる（伝える）（他、下一）

它是與自動詞伝わる相對應的他動詞。

1 與伝わる2-1的用法相對應，表示看不見的東西，如電、熱、聲音等的傳、傳導。

● 鉄や銅は電気を伝えるが、ガラスは電気を伝えない。
／鐵、銅導電，但玻璃不導電。

● これはよく熱を伝える金属だ。
／這是導熱佳的金屬。

但表示看得到的東西或人順著、沿著時，則不好用伝える。例如：

×泥棒は屋根を伝えて逃げた。

2 與伝わる 2-2 的用法相對應，表示透過人傳、傳達、相傳。

● 電気通信ができると、ニュースを伝えるのが速くなった。

／電子通訊出現了以後，新聞傳播就快了起來。

● この家は先祖から伝えられたものだ。

／這棟房子是祖先傳下來的。

歸納起來，三個詞相互對應關係大致如下：

伝う（自）
伝わる（自）
伝える（他）

川を～ていく。
電気が～。
噂が～。
電気を～。
噂を～。

對應　對應

56　つづく・つづける

1 つづく（続く）（自、五）────

1 表示某種現象、某種活動或空間的繼續。

● 毎日雨が続いてうんざりだ。
／毎天不停地下雨，真煩人。

● 操業は夜昼休みなく続く。
／工作晝夜不停地持續著。

● 講演は延々と三時間も続いた。
／演講沒完沒了地持續了三個小時。

● 行けども行けども沙漠が続いている。
／走啊走的，一直都是綿延不斷的沙漠。

● 買い物の行列が三十メートルも続いている。
／排隊買東西的人龍，綿延了三十公尺長。

2 表示兩種東西、兩個場所連接、相通。

● この道は駅前通りに続いている。
／這條路連接著站前大街。

● S駅は国鉄と私鉄とが構内で続いているから便利だ。
／S站由於站內連接著國鐵和私鐵所以很方便。

3 用～続いて表示某一動作、事物之後，接著進行或發生第三個動作、事物。

● 続いて番組のお知らせをいたします。
／接著為您播報節目列表。

● 地震と続いて火災が発生した。
／地震之後接著發生了火災。

4 用名詞Ⓐが続かない或名詞Ⓐが続くだろうか含有可能的意思，表示某種東西不能繼續下去、繼續不下去或能繼續下去嗎？而続ける沒有此用法。

● こんな重労働では体が続かない。
／這樣耗體力的工作，身體是承受不住的。

● 資金が続かなくて工事は一時中断された。
／由於資金不足，工程暫時停止了。

2 與続く₁₋₂的用法相對應，表示將某種東西、場所連接起來。

/真是首優美的曲子，請繼續彈下去！
● なかなかいいピアノ曲だ。止めずに続けてください。
/連續念書兩個小時以後，休息二十分鐘。
● 勉強を二時間以上続けたら、二十分間休憩をとる。
/連續聊了兩個小時的天。
● おしゃべりを二時間も続けた。

1 與続く₁₋₁的用法相對應，表示使某種事態、活動繼續下去。

它是與自動詞続く相對應的他動詞。

② つづける（続ける）（他、下一）

/連四年的學費資助有著落嗎？
● 四年間学資が続くでしょうか。
/由於燃料無法持續供應，不得不臨時著陸。
● 燃料が続かず不時着を余儀なくされた。

57 つぶす、つぶれる

● 二つの建物を渡り廊下で続ける。
／兩棟建築以走廊相連。

● 台所と食堂を続けた。
／將廚房和飯廳連接起來了。

3 與続く 1-3 的用法相對應，表示在某一活動之後，使之接著進行下一個活動。

● では続けて講義をします。
／那麼接下來繼續上課。

● さあ、私に続けて読んでください。
／來！跟著我往下唸。

它沒有自動詞続く 1-4 的用法，因此下面的句子是不通的。

×こんな重労働では体を続けることができない。

1 つぶす（潰す）（他、五）

1 表示用力將某種東西弄壞、壓壞、擠壞。

● ちょっとの不注意で買ってきた卵を五つも潰した。

／稍一不注意，就把買來的雞蛋弄破了五個。

● 箱を踏んで潰した。

／把箱子踩壞了。

● 砂糖のかたまりを潰してから入れなさい。

／請把結塊的砂糖弄碎再放入。

● 大水が家を潰した。

／大水把房子沖毀了。

引申作為慣用語，肝を潰す表示嚇破了膽。

● そのドンというものすごい音は僕の肝を潰した。

／那「咚」的一聲可把我嚇壞了。

2 引申用於抽象比喻，表示毀壞家業、消磨時間等。

● 商売に失敗して、家を潰してしまった。

／經商失敗，把家也給毀了。

● 投機（とうき）の商売（しょうばい）をして工場（こうじょう）を潰（つぶ）してしまった。

／做投機買賣，搞得工廠倒閉了。

● 二三時間潰（にさんじかんつぶ）して部屋（へや）をきれいに掃除（そうじ）した。

／花了兩三個小時，把房間打掃乾淨了。

● そのことで俺（おれ）の顔（かお）をすっかり潰（つぶ）してくれた。

／那件事讓我真沒面子。

② つぶれる（潰（つぶ）れる）（自、下一）───

它是與他動詞潰（つぶ）す相對應的自動詞。

1 與潰（つぶ）す 1-1 的用法對應，表示由於某種壓力，以致東西壓壞、擠壞、碰壞、壞。

● 買（か）ってきた卵（たまご）が五（いつ）つも潰（つぶ）れた。

／買來的雞蛋破了五個。

● 箱（はこ）が潰（つぶ）れたから、中（なか）のものがなくなった。

／因為箱子壞了，裡面裝的東西也掉了。

● 地震（じしん）で家（いえ）が潰（つぶ）れた。

／由於地震，房子被震塌了。

- 也可以用肝が潰れる表示嚇壞。

- 本当に肝が潰れた。

／真是嚇壞了。

2 與潰す[1-2]的用法相對應，也用於抽象比喻，表示家業垮、倒，時間浪費等。

- 商売に失敗して家が潰れてしまった。

／經商失敗，家業全敗光了。

- 不景気で中小企業がどんどん潰れる。

／由於不景氣，中小企業一個接一個地倒閉。

- 日曜日は家の手伝いで、一日潰れてしまった。

／星期天因為做家事，花掉了一整天。

- そのことで俺の面目はすっかり潰れてしまった。

／因為那件事，讓我丟盡了臉。

○て

58

てる、てれる、てらす

三詞的漢字都是照字，但含義不同，自他關係複雜。

1 てる（照れる）（自、下一）

漢字雖寫作照字，但與其他兩個詞照る、照らす的意思完全不同，表示不好意思、難為情、害臊。

● 照れて顔を赤くした。
／害羞得臉都紅了。

● 照れたように笑った。
／害羞似地笑了。

● 若い女性の前ですっかり照れてしまった。
／在年輕女生面前很害羞。

② てる（照る）（自、五）

● 太陽が照っている。
／太陽照耀著。

● 表示日、月等的照射、照耀。

● 月が照って真昼のようだ。
／月亮照射得像白天一樣。

● この部屋はよく日が照る。
／這個房間光線很好。

③ てらす（照らす）（他、五）

它是與自動詞照る相對應的他動詞，是由照る的未然形後接使役動詞せる構成的照らせる變化而來的，仍含有使…的意思。

1 與照る的用法相對應，表示日月照亮某個地方、場所。

● 夏の太陽が庭を照らしている。
／夏天的陽光照耀著庭院。

● 月が窓を照らして真昼のようだ。
／月亮照射著窗子像白天一樣。

値得注意的是，它還可以用來講手電筒或探照燈的燈光照亮某種地方、某種東西。

● 懐中電燈の光が彼の顔を照らした。
／手電筒的燈照亮了他的臉。

● サーチライトが暗い海の上をさっと照らし出してから消える。
／探照燈照亮了漆黑的海面，隨後又滅了。

2 引申用於抽象比喻，表示對照、按照。照る沒有此用法。

● 彼の無罪は事実に照らしても明らかだ。
／與事實對照之下，他的清白是很明確的。

● 法律に照らして彼を処分せねばならない。
／必須要按法律處罰他。

● 僕は人情に照らして大目に見た。
／念在往日情份上我原諒了他。

● それは先例に照らして決定すべきだ。
／應該按照往例來判斷。

歸納起來，三者的對應關係大致如下：

照れる（自）　　すっかり〜てしまった。

照る（自）　　　太陽が〜ている。

照らす（他）　　太陽が大地を〜ている。

先例に〜て決定すべきだ。

對應

◎と

59

とく、とかす、とける

三個詞的漢字都寫作溶字，都含有溶化的意思，但自他動詞的對應關係不同，適用的場合也不同。

1 とく（溶く）（他、五）——

表示溶化油畫的顏料、砂糖、洗衣粉等粉狀的東西。

● 絵具（えのぐ）・砂糖（さとう）・粉（こな）せっけん・薬（くすり）を溶（と）く。
／溶化顏料・砂糖・洗衣粉・藥。

● 絵具（えのぐ）を油（あぶら）で溶（と）いて繪（え）を描（か）く。
／用油溶化顏料來畫畫。

● 薬（くすり）をお湯（ゆ）に溶（と）いて使（つか）う。
／把藥用水化開後服用。

● のりが濃いので水で溶いて使った。
／漿糊太稠了，加了點水稀釋後用。

2 とかす（溶かす）（他、五）──

它也表示溶化，但適用範圍比溶く要廣得多。它既表示溶化、化開顏料、砂糖、洗衣粉以及藥品等粉狀物，也表示溶化、化開雪、冰、糖塊或金屬等固體。

● 絵具・砂糖・粉せっけん・薬を溶かす（○溶く）。
／化開顏料・砂糖・洗衣粉・藥。

● 氷・雪・あめ玉・鉄などを溶かす（×溶く）。
／冰・雪・糖果・鐵等溶化。

● 粉せっけんをよく水に溶かして使いなさい。
／把洗衣粉泡在水裡確實溶解後再使用。

● 山の上は水がなくて氷や雪を溶かして使った。
／山上沒有水，所以把冰、雪融化後拿來用。

● バーナーで鉛を融かす。
／用噴槍熔化鉛。

● ガラスの原料を融かす。
／熔化玻璃原料。

③ とける（溶ける）（自、下一）

それ既與他動詞溶く相對應，也與溶かす相對應，表示一切物體的化、溶化、融化。

● 粉せっけんが溶けてから洗濯します。
／洗衣粉溶化了之後再洗衣服。

● 雪がすっかり溶けてしまった。
／雪全融了。

● 暖かくなったので、氷がどんどん溶けていく。
／天氣變暖和了，冰很快地消融。

● 鉛は熱すると、溶ける。
／鉛一加熱就融化。

● 金銀は千度ぐらいの熱に溶ける。
／在一千度左右的高溫下可融化金與銀。

歸納起來，三者的相互對應關係大致如下：

60 とどまる、とどめる

① とどまる（留まる、止まる）（自、五）——

1 表示停留，即人或車、船等停止後的靜止狀態，也就是停留在某處、某一點，暫時不再移動。

● 一行は現地に三日間留まって京都へ向った。
／一行人在當地停留了三天，就往京都去了。

● あの船はこの港に二日間留まることになっている。
／那艘船預計在這個碼頭停留兩天。

● 彼はやはり現職に留まっている。
／他果然還是停留在現在的崗位上。

溶く（他）
溶かす（他）
溶ける（自）

砂糖を～。
金銀を～。
砂糖が～。
金銀が～。

對應　對應

2 構成慣用型～に止まる來用，表示止於…、限於…。

- 有時用於時間，表示時間的停留。
- 時は一刻も止まることなく過ぎて行った。
／時間一刻不停地走著。

- 損害は百万円程度に止まった。
／損害止血在一百萬日元。

- 洪水の被害は二千戸程度に止まる模様だ。
／遭到洪水侵襲的受災戸停在兩千戸左右。

- 今度の事故で死んだ乗客は百人に止まらなかった。
／在這次的事故中，死亡的乘客不只一百人。

②**とどめる**（留める、止める）（他、下一）

────

它是自動詞止まる相對應的他動詞。

1 與止まる相對應，表示使人、車、船等停留在某地。即留下、留。

- 一行を三日間現地に留めた。
／留下一行人在當地待了三天。

● 妻子を故郷に留めた。

／把妻子、兒女留在家鄉。

● 展示品の前にしばらく足を留めて見入った。

／在展示品前停下了腳步，看得出神。

● 時間を留めることはできない。

／時間是留不住的。

2 與止まる1-2 用法相對應，構成慣用型～に止める，表示使…止於…、使…限於…、僅…、只…。

● 工事の予算を一兆円以内に止めねばならない。

／必須使工程的預算控制在一兆日元以內。

● 労働組合は要求を経済方面に止めた。

／工會僅在經濟方面提出了提案。

● ここでは大略を述べるに止める。

／在此只講個大概而已。

61 とまる、とめる

① **とまる**（止まる、留まる）（自、五）

1 表示停、停止，即人或東西從動到不動的變化。它的動作主體多是物品，也可以是人。

● 行進が止まった。
／隊伍停止了前進。

● 車が玄関の前に止まった。
／車子停在大門的前面。

● 時計が止まって時間がわからなかった。
／錶停了，不知道現在是什麼時間。

● 停電して工場の機械がみな止まった。
／停電了，工廠的機器都停下來了。

● 配管工事で水道が止まった。
／由於鋪設管線工程所以停水了。

● おかしくて笑いが止まらなかった。

／太滑稽了忍不住笑個沒完。

2 表示某種東西被釘在某個地方。

● 釘で留まっている。

／用釘子釘著。

3 引申用於抽象比喻，用目に留まる、耳に留まる分別表示看到、聽到。

● 白いハンカチが目に留まった。

／看到了一塊白色手帕。

● あの人の声が耳に留まっていて離れない。

／那個人的聲音一直在我耳畔繚繞。

4 表示鳥、蟲抓住某種東西落腳。

● 鳥が屋根に留まっている。

／鳥兒停在屋頂上。

● 蝶々が花に留まっている。

／蝴蝶停在花朵上。

②**とめる**（止める、留める）（他、下一）

它是與自動詞止まる相對應的他動詞。

1 與止まる相對應，表示使人或某種活動停下來。

1-1 的用法相對應，表示使人或某種活動停下來。

● 外出を止める。

／禁止他外出。

● ブレーキをかけて列車を止めた。

／踩剎車，將列車停住。

● 赤電燈は車を止めた。

／紅燈讓車子停了下來。

● モーターを止めて惰力で走る。

／關掉馬達靠著慣性前進。

● ダムを築いて水流を止める。

／修築大壩以攔住水流。

● 注射は痛みを止めた。

／打針止痛。

2 與止まる的用法相對應，表示將某種東西釘在某一地方。

● 写真を画鋲で壁に止めた。
／用圖釘把照片釘在牆上。

● 板は釘を打って止めてある。
／用釘子固定木板。

3 與留まる 1-3 的用法相對應，表示聽到、看到、注意到等，或適當地譯成中文。

● 人の噂を耳に留めた。
／聽到了人們的流言。

● 心に留めて見る。
／留心看。

● それを気に留めないでください。
／請不要在意！

4 表示將某人留下，不讓他回去。留まる沒有此用法。

● 帰ると言ったが、まだいいでしょうと言って留めた。
／他說要回去了，我說還早吧，把他留了下來。

62 とらえる、とらまえる、とらわれる

①とらえる（捕える）（他、下一）

1 表示把企圖逃走的人或逃走的動物捉住。

● もう犯人を捕えた。
／已經捉到犯人了。

● 巡査が泥棒を捕えた。
／警察捉住了小偷。

● 網で魚をたくさん捕えた。
／用魚網捉了許多魚。

● 夏になると、子供たちはよく蝉やとんぼを捕えて遊ぶ。

法是不通的。

× 蝶々を花に止めた。

它沒有與留まる1-4相對應的用法，這是因為鳥、蟲的落腳與否人左右不了。因此下面的說

／毎到夏天，小孩子們經常捉蟬、蜻蜓來玩。

2 表示用手抓住某種東西。

● 袖を捕えて離さない。

／抓住袖子不放。

● 川に落ちた子供の洋服の端を捕えて助けた。

／抓住落水孩子的衣角，把他救了起來。

3 引申用於抽象比喻，表示捕捉、掌握外界的事物。

● 怪電波を捕える。

／捕捉可疑的訊號。

● 敵機の機影を捕える。

／捕捉敵機的踪影。

● 言い出す機会を捕えられなかった。

／找不到機會講。

● 事件の真相を捕えて新聞に発表する。

／捕捉事件的真相，在報紙上發表。

- よく読んで文章の意味を正しく捕えなければならない。
／必須仔細地閱讀，正確地掌握文章的意思。

② **とらまえる**（捕まえる）（他、下一）
　它實際上是將捕える和捕まえる混合在一起的新詞，含義、用法與捕える大致相同。

③ **とらわれる**（捕われる、囚われる）（自、下一）
　它是與捕える相對應的自動詞，含有捕えられる（被動）的意思。

1 與捕える1-1**的用法相對應，表示被捉住、被捕。**
- 彼は官憲の手に捕われた。
／他被政府當局捉住了。
- 捕われてから、もう三年だった。
／被捕以後，已經過了三年。

2 寫作囚われる，表示受舊的思想、習慣拘束。相當於受到束縛、拘束、拘泥。
- 先入観に囚われてはいけない。

／不要被先入為主的觀念捆綁。

● ついに固定概念に囚われてしまった。

／還是被既定觀念給限制住了。

● 古い学説に囚われていては進歩がない。

／拘泥於舊的學說，是不會有進步的。

它沒有捕える 1-2 1-3 的用法，因此下面的說法是錯的。

× 袖が捕われて逃げられない。

× 怪電波が捕われた。

◉な

63 なおす、なおる

① なおす（直す）（他、五）

1 表示改正缺點、錯誤；修改毛病。

● 誰でも欠点があるから、直せばいい。
／誰都有缺點，改過就好。

● 文章の間違いを直す。
／修改文章中的錯誤。

2 表示使某種東西恢復原來的狀態，如修理機器、治療疾病等。

● この時計を直してもらいます。
／請將這支錶修一修。

● 病気を直してから旅に出た。
／病好就去旅行了。

②　**なおる（直る）（自、五）**

它是與直す相對應的自動詞。

1 與直す1-1的用法相對應，表示缺點、錯誤改、改正過來；毛病改過來。

● 悪い癖が直った。
／已經改掉了壞毛病。

● 文章の間違いが直っている。
／文章的錯誤已經修改了。

2 與直す1-2的用法相對應，表示機器等修理好了、病治好了。

● 壊れたラジオが直った。
／壞掉的收音機已經修好了。

● 病気が直ってよかった。
／病好了，真是太好了！

64 ながれる、ながす

① **ながれる**（流れる）（自、下一）

1 表示液體的東西流、流動。這時的主語多是水或其他液體的東西。

● 小さな川が流れている。
／小河流著。

● 谷に降りてみると、冷たい水がちょろちょろと流れている。
／到山谷下一看，一股冰冷的水潺潺地流著。

● タンクから漏れた油が地面を伝って流れる。
／油罐漏出的油，順著地面流。

● 背中を伝って汗が流れる。
／汗順著背脊流下來。

● 川が町の中を流れている。
／河流穿過城市中間。

它雖是自動詞，但表示流經某一地方、場所時，要用～を流れる。

2 表示飄浮在水裡的其他物體流動。這裡的主語則是某一物體。

● 氷山が流れている。
／冰山漂流著。

● 大雨で橋が流れた。
／因為大雨，橋被沖走了。

● 沈没船のガソリンが海面を流れている。
／沉船的漏油在海面上飄流著。

這時也可以用～を流れている表示流經某一場所、地方。

3 用於抽象比喻，表示某種消息流傳、傳播、聲音傳來。

● 隣りからピアノの音が流れてくる。
／從附近傳來鋼琴的聲音。

● その噂が町に流れている。
／那傳聞在鎮上傳開了。

● 試験の問題が事前に流れたらしい。
／考題好像在考前就洩露了。

②ながす（流す）（他、五）

是與自動詞流れる相對應的他動詞。

1 與流れる 1-1 的用法相對應，表示使…流，可譯作中文的放、流等。

● 汚水を溝に流した。
／將髒水排到水溝裡了。

● 多くの工場は有害の廃水を海に流している。
／許多工廠把有害的廢水排放到海裡。

● みんなは汗を流して働いている。
／大家流著汗辛勤地工作。

2 與流れる 1-2 的用法相對應，表示使某種物體飄在水上。可譯作國語的放、沖等。

● 祭りの日には人々は湖面に燈籠を流します。
／慶典的日子，人們會在湖面上放燈籠。

● 洪水が橋を流しました。
／洪水把橋沖走了。

3 與流れる1-3的用法相對應，表示傳播某種消息、播放某種聲音。

* 入場式が始まったら、行進曲を流します。
/入場儀式開始，播放進行曲。

* 毎晩七時にニュースを流します。
/每晚七點播放新聞。

* 誰かが受験生に入試情報を流したらしい。
/好像有人向考生洩露了入學考試的試題。

65 なくす、なくなる

1 なくす（無くす）（他、五）

1 表示有意識地使某些抽象事物從有變成無。大致相當於國語的弄掉、去掉、改掉、消滅。

* 悪いくせを早く無くそうとしている。
/我想早一點改掉這壞毛病。

2 表示無意識地喪失了具體的事物（個別時候是抽象事物）；或人死去。相當於國語的丟失、失去或死去。

● 世界から戦争を無くそう。

／讓戰爭從世界上消失吧！

● 緑地帯を無くしてはよくない。

／讓綠地流失不是件好事。

● できるだけ無駄を無くそう。

／儘量改掉浪費的習慣吧！

● 電車の中で財布を無くした。

／在電車裡丟了錢包。

● 万年筆を無くさないように。

／小心不要把鋼筆弄丟了！

● 田中のじいさんは地震で二人の子供を無くした。

／田中老爺爺由於地震失去了兩個孩子。

● 事業に失敗してから、彼はまったく、自信を無くした。

／他事業失敗後，完全失去了自信。

● 年取ってから記憶まで無くした。

／上了年紀連記性都沒了。

② **なくなる**（無くなる）（自、五）

與他動詞無くす相對應的自動詞。

1 與無くす[1-1]的用法相對應，但用無くなる則表示無意識地失去了某種抽象的東西。相當於國語的沒有、消滅。

● 悪いくせが無くなった。

／壞毛病改掉了。

● 世の中では戦争は無くなることはない。

／這個世界上戰爭是無法消失的。

● あの都市で緑地帯が無くなった。

／那個都市的綠地都消失了。

2 與無くす[1-2]的用法相對應，也表示無意識地失掉了某種東西或死了某個人。相當於中文的弄丟、死去。

66 なれる、ならす

1 **なれる**（慣れる、馴れる）（自、下一）──

一般用來講人時用慣れる，講其他動物時用馴れる。

1 寫作慣れる，表示人或身體對別人某種情況、事物習慣了。可譯作中文的慣、熟、習慣。

● 電車の中で財布が無くなった。
／在電車上弄丟了錢包。

● 田中のじいさんは地震で二人の子供が無くなった。
／田中爺爺在地震中失去了兩個孩子。

● 彼にはもう自信が無くなった。
／他已經失去了自信。

● おじいさんは記憶まで無くなった。
／爺爺連記憶都喪失了。

● 私はこの土地の暑さにだんだん慣れてきた。
／我對這個地方的炎熱漸漸習慣了。

● 彼にはもう新しい仕事に慣れた。
／他對新的工作熟悉了。

● 子供たちは新しい先生に慣れた。
／孩子們對新老師已經熟悉了。

● 体が寒さに慣れた。
／身體已經習慣了寒冷。

● 耳が日本語に慣れた。
／耳朵已經習慣日語了。

2 寫作馴れる，表示某些動物被人馴服了。

● その犬がもううちの人に馴れた。
／那隻狗對家裡的人已經熟悉了。

● 馴れたライオンだから、人に嚙み付くことはない。
／那隻獅子已經被馴服了，所以不會咬人。

② ならす（慣らす、馴らす）（他、五）

它是與自動詞慣れる相對應的他動詞。動作對象是人或人身體的一部分時用慣らす；動作對象是其他動物時用馴らす。

1 寫作慣らす，與慣れる的用法相對應，表示使人或人身體的一部分習慣於……。可譯作使……習慣、使……適應。

● 体を寒さに慣らす。
／使身體適應寒冷。

● 宇宙飛行士を無重力状態に慣らす。
／使太空人適應無重力狀態。

● 登山をするのは、足を慣らすのが大変だ。
／爬山最辛苦的就是讓兩腿適應了。

● 舌を日本語の発音に慣らす。
／使舌頭習慣日語的發音。

2 寫作馴らす，與馴れる的用法相對應，表示馴服某種動物。

- ライオンを馴らす。
  ／馴獅。
- 犬を馴らす。
  ／馴狗。

儘管慣らす是與慣れる相對應的他動詞，但有時只能用慣れる，而不能使用與它相對應的他動詞慣らす。例如：

- 子供たちが新しい先生に慣れた。
  ／孩子們熟悉了新老師。
- ×子供たちを新しい先生に慣らした。
- 靴が足に慣れた。
  ／鞋子合腳了。
- ×靴を足に慣らした。

67 ならぶ、ならべる

① ならぶ（並ぶ）（自、五）

1 表示排列成行。主語多是人。

● 生徒が校庭に並んでいる。
／學生排列在校園裡。

● 二人は並んで座っている。
／兩個人並排坐著。

● 一列に並んで買いなさい。
／請排隊購買！

2 表示技術、力量與…相比、匹敵。

● 彼の技術には並ぶものはない。
／在技術上沒有人能和他相比。

● 日本語ではクラスの中であの人に並ぶものはない。
／在日語方面，我們班上沒有人比他厲害。

② **ならべる**（並べる）（他、下一）

它是與自動詞並ぶ相對應的他動詞。

1 與並ぶ[1-1]**的用法相對應，但這時的動作對象即受詞與並ぶ不同，多是物，表示將某種東西排、排列起來。**

● 机をちゃんと並べなさい。
／把桌子整整齊齊地擺好！

● 本を本棚に並べた。
／將書擺在書架上。

● 友だちと机を並べて勉強している。
／和朋友併桌一起讀書。

● 生徒を四列に並べて人数を調べる。
／把學生排成四列清點人數。

儘管最後一句它用了並べる，但一般來說動作對象即受詞是人時，多用並ぶ的使役形態即並ばせる，表示讓人們排隊，而很少用並べる。

● 学生を一列に並ばせて点呼をする。

／讓學生排成一列點名。

2 表示將兩種東西並列在一起加以比較。實際上，它是與自動詞並ぶ 1-2 相對應的用法，只是構成的慣用型不同：並ぶ常用～に並ぶものはない。而並べる則沒有此限。

／把兩者並排比較時，大小完全不同。

● 二つを並べてみると、大きさがまるで違うものだ。

3 用於抽象比喻，表示一個個地擺出某些言論、說法，可譯作羅列、列舉。

● 証拠・理由・不平を並べる。

／列舉證據・理由・不滿。

● 事実を並べて相手に反駁する。

／列舉事實來反駁對方。

に

◎ に

68　にげる、にがす

① にげる（逃げる）（自、下一）

1 表示人或其他動物逃、逃走。

● 泥棒が逃げた。
／小偷逃跑了。

● 犯人はタクシーで逃げた。
／犯人搭計程車逃跑了。

● 小鳥が鳥籠から逃げてしまった。
／小鳥從鳥籠裡逃走了。

● 繋いであった犬が逃げた。
／被拴著的狗逃走了。

它雖是自動詞，但也可以用～を逃げる，表示逃離某一地點、場所。

● 彼はうまく理由をつけてその場を逃げた。
／他巧妙地找個理由，逃離了那個地方。

2 引申用於抽象比喻，表示人逃避、躲避自己討厭的事情。它也可以用～を逃げる，表示離開、逃避某種事情。

● 君は難しい任務を逃げているね。
／你總是在逃避複雜的工作呢！

● あの男はその仕事を逃げているようだ。
／他好像在躲避那份工作。

② にがす（逃がす）（他、五）

它是與自動詞逃げる相對應的他動詞，含有使…的意思。

1 與逃げる 1-1 的用法相對應，表示讓…跑掉，即將人或動物放走、使逃走。

● しばらく追いかけたが、泥棒をとうとう逃がしてしまった。
／我追了一陣子，但還是讓小偷跑掉了。

● 警察の油断で犯人を逃がした。

／由於警察的疏忽，讓犯人跑掉了。

● 小鳥を捕まえたが、かわいそうなので、逃がしてやった。

／抓到了小鳥，可是覺得牠很可憐，又把牠放了。

2 引申用於抽象比喻，表示使某種機會跑掉，即錯過機會。逃げる沒有和它相對應的用法。

● いいチャンスを逃がしてしまった。

／錯過了一個好機會。

● この機会を逃がさないで、よく勉強しなさいよ。

／不要錯過這個機會，好好用功啊！

由於逃げる沒有此用法，因此下面的說法是不通的。

× いい機会が逃げた。

另外它沒有逃げる1-2的用法，因此下面的說法是不通的。

× あの男はその仕事を逃がしているようだ。

69　にごる、にごす、にごらす

三詞的漢字都寫作濁字，其中濁る是自動詞，濁す、濁らす是他動詞，適用的場合不同。

① にごる（濁る）（自、五）

1 表示水、空氣等液體、氣體混濁、混雜。

● この井戸の水は濁っているから、飲まない方がいい。
／這口井的水很混濁，還是別喝得好。

● 黄河の水はいつもそんなに濁っているのだ。
／黄河的水始終都是那麼混濁。

● たばこの煙で部屋の空気が濁った。
／菸味使得房間裡的空氣變得混濁。

2 引申用於抽象比喻，表示人的精神、心術不正、不純潔、骯髒、汙濁。

● あいつは心の濁った人間だ。
／他是個心術不正的人。

● 濁った世の中に生きてゆくのは難しい。

／要在這骯髒的社會生活下去真不容易。

3 用於日語語言學方面，表示濁音。

● 作った話は「つくりばなし」と濁って発音してください。

／日語中的假話要讀成濁音，「つくりばなし」才對。

② にごす（濁す）（他、五）、にごらす（濁らす）（他、五）

濁らす是由自動詞濁る的未然形後接使役助動詞せる，構成濁らせる變化而來的，它與濁す的意思、用法相同，都是與自動詞濁る相對應的他動詞，含有使…的意思。

1 與濁る 1-1 的用法相對應，表示使水、空氣等液體、氣體變混濁、弄汙濁。

● かき回して池の水を濁した（○濁らした）。

／不斷攪動，把池塘的水弄濁了。

● 汚い排水を出して川の水を濁した（○濁らした）。

／排出汙水把河川弄髒了。

● 二三人もたばこを吸っているから、部屋の空気をすっかり濁した（○濁らした）。

2 引申用於抽象比喻，慣用語言葉を濁す或言葉を濁らす，表示含糊其辭。

- 何_{なに}を聞_きいても、彼_{かれ}は言葉_{ことば}を濁_{にご}して（言葉_{ことば}を濁_{にご}らして）はっきり答_{こた}えなかった。

／無論問什麼，他都含糊其辭，不明確回答。

／因為有兩三個人都在抽菸，所以把房間裡的空氣搞得很糟糕。

◎ぬ

ぬかる、ぬける、ぬく、ぬかす

四個詞的漢字都寫作拔字，其中拔かる、拔ける是自動詞；拔く、拔かす是他動詞，但含義不同，自他動詞的對應關係複雜。

① **ぬかる**（拔かる）（自、五）──

● 一番大事な点が **抜かって**いた。
／最重要的一點疏忽了。

● それを知らなかったのは確かに **抜かって**いた。
／不知道那件事，的確是疏忽了。

● 相手は強いぞ。みんな **抜かる**な。
／對手很厲害喔！大家可不要疏忽大意啊！

表示疏忽大意或大意出差錯。沒有與它相對應的他動詞。

用慣用語抜からぬ顔表示毫不含糊的樣子或裝作不知情的樣子。
● 知っているのに抜からぬ顔をしている。
／知道卻佯裝不知情。

2 ぬける（抜ける）（自、下一）——

1 表示某種東西從它應該在的地方掉、脫落或跑掉。
● 歯が抜けた。
／牙齒掉了。
● 髪の毛が抜けた。
／頭髮掉了。
● 釘が抜けて机が壊れた。
／釘子脫落桌子壞了。
● タイヤの空気が抜けた。
／輪胎漏氣了。
● このビールは気が抜けている。
／這罐啤酒沒氣了。

2 表示書刊、文字有遺漏、漏、掉。

● 「平」の下に「和」という字が抜けている。

／在「平」字下面漏了一個「和」字。

● この本は二ページ抜けている。

／這本書漏了兩頁。

● 驚いて腰が抜けた。

／嚇得癱軟了。

作為慣用語，用腰が抜ける，表示因驚慌失措而直不起腰，大致相當於中文的癱軟。

3 表示離開、退出某一場所、地方。

● 彼は共同作業から抜けた。

／他退出了團隊合作。

● 忙しくて会社から抜けられない。

／忙得離不開公司。

4 表示通過某一場所、地方。它雖是自動詞，但可以用～を抜ける表示通過某一地點。

● 汽車はトンネルを抜けて海岸に出た。

／火車穿過隧道，來到了海濱。

● 一行は森を抜けて小川の畔に出た。

／一行人穿過樹林，來到了小河邊。

③ ぬく（抜く）（他、五）

它是與自動詞抜ける相對應的他動詞。

1 與抜ける2-1的用法相對應，表示將某種東西拔、拔掉、拔出。

● 虫歯を抜く。

／拔蛀牙。

● 打ってある釘を抜く。

／拔下釘著的釘子。

● タイヤの空気を抜く。

／放掉輪胎裡的氣。

2 表示後者超過前者。抜ける沒有和它相對應的用法。

● マラソンで二人を抜いて一等をとった。
／馬拉松賽跑時追過兩個人得了第一。

● 前にいる車を抜いて走る。
／超過前面的車子往前開。

它沒有與自動詞抜ける 2-2 2-3 2-4 相對應的用法。

④ **ぬかす**（抜かす）（他、五）────

它是與自動詞抜ける 2-2 的用法相對應的他動詞，表示把文字等遺漏、漏掉。

● 三行目の始めのところで、「平」の字の下に「和」という字を抜かした。
／在第三行的開頭，「平」字下面漏了「和」字。

● 原稿を写すとき一行抜かした。
／在抄寫原稿的時候漏抄了一行。

● 驚いてすっかり腰を抜かした。
／嚇得癱軟了。

作為慣用語，用腰を抜かす表示因驚慌失措而直不起腰，變得癱軟。

上述四詞的自他關係，歸納起來大致如下：

71 ぬぐ、ぬげる

1 ぬぐ（脱ぐ）（他、五）

表示脱掉、脱下身上穿的衣服或帽子、鞋子、襪子等。

● 洋服・背広・シャツ・オーバーを脱ぐ。
／脱下衣服・西裝・襯衫・大衣。

● ズボン・パンツ・帽子・靴下・靴を脱ぐ。
／脱下褲子・短褲・帽子・襪子・鞋子。

抜かる（自）
抜ける（自）
大事な点が～ていた。
歯が～た。

抜く（他）
抜かす（他）
腰が～た。
歯を～。
腰を～。

沒有他動詞抜く的自動詞用法。
沒有自動詞抜ける2-3 2-4的他動詞用法。
沒有自動詞抜く3-2的自動詞用法。

對應　對應

也表示動物脫皮、脫殼。

● セミが殻を脱ぐ。

／蟬脫殼。

● 蛇が皮を脱ぐ。

／蛇脫皮。

也構成慣用語來用。

● 兜を脱ぐ。

／認輸、投降。

● 一肌脱ぐ。

／助人一臂之力、幫人一把。

② **ぬげる**（脱げる）（自、下一）——

它是由他動詞脱ぐ未然形後接可能助動詞れる構成的脱がれる變化而來的自動詞，含有可能的意思。與他動詞脱ぐ相對應，表示衣服、鞋子等自然掉下或能夠脫下。

● 靴が大きいので、すぐ脱げる。

／鞋子很大，很快就掉了。

● このセーターはなかなか脱げない。
／這件毛衣很不好脱。

也可以用來表示脱殻、脱皮。

● セミの殻が脱げた。
／蟬脱了殻。

● 蛇は皮を脱げた。
／蛇脱了皮。

／蛇脱了皮。

並沒有兜を脱げる、一肌脱げる的用法。

⊙ ね

① ねる（寝る）（自、下一）──

1 表示人躺下、睡覺，或因有病躺下、臥床。

● 子供はまだ寝ている。
／孩子還在睡。

● 早く寝て、早く起きるのはいい習慣だ。
／早睡早起是好習慣。

● 風邪をひいて寝ている。
／患了感冒躺著休息。

● お医者さんの言いつけた通り寝ている。
／按照醫生的吩咐在休息。

2 表示商品累積、滯銷，或資金囤放。

● 寝ている品物を安く売らなければならない。
／必須將累積的東西低價賣出去。

● 金が寝ているともったいない。
／錢堆在那邊不用，太可惜了。

②ねかす（寝かす）（他、五）──

它是與自動詞寝る相對應的他動詞，含有使…的意思。

1 與寝る1-1的用法相對應，表示讓人躺下、讓人臥床，或讓人睡覺。

● 子守歌を歌って赤ん坊を寝かした。
／唱搖籃曲讓嬰兒睡覺。

● 早く寝かして早く起こした方がいい。
／讓他早睡早起比較好。

● 怪我人を寝かして、静かに運びなさい。
／讓受傷的人躺下，慢慢地抬！

値得注意的是，寝る是不能用來講某種東西橫臥著的，但寝かす的受詞可以用某種東西，

表示將東西倒放。

× 本棚が寝ている。

● 本棚を寝かして運びなさい。

／請將書架倒放搬運。

● 大きな箪笥だから、寝かさなくては部屋に入れない。

／是一個大衣櫃，不放倒是搬不進房間裡的。

2 與自動詞寝る 1-2 的用法相對應，表示囤積、累積商品，或囤積資金。

● 売れないから、品物をたくさん寝かしている。

／因為賣不出去，累積了許多商品。

● たくさんのお金を寝かしておくのはもったいない。

／積著許多資金放著不用很可惜。

◎の

73 のこる、のこす

① のこる（残る）（自、五）

1 表示人留在原來的地方不走。相當於國語的留下、留。

● 今日オフィスに残って仕事をする。
／今天留在辦公室工作。

● 放課後学校に残って掃除をした。
／放學以後（我）留在學校打掃教室。

● 九時まで会社に残って働いていた。
／九點前我都一直留在公司工作。

2 表示某種東西剩餘、剩下。

● すいかが残っていますから、お上がりなさい。

／西瓜還有剩，你吃吧！

●
残った御馳走を冷蔵庫に入れておいた。
／將剩下的菜，放在冰箱裡了。

●
山にはまだ雪が残っている。
／山上還積著雪，沒有化。

●
物価が上がって、毎月稼いだお金はちっとも残らない。
／因為物價上漲，每個月賺的錢一點也不剩。

3用於抽象比喻，表示某種東西遺留下來、留下。

●
死後に立派な名が残った。
／死後留下了美名。

●
そのことはまだ記憶に残っていた。
／那件事還留在記憶裡。

●
まだ解決しなければならない矛盾が残っている。
／現在還留著必須解決的矛盾。

個別時候，也用來講留著具體的東西。

● 顔には傷跡が残っている。
／在臉上留著傷疤。

②のこす（残す）（他、五）

它是與自動詞残る相對應的他動詞，含有使…的意思。

1 與残る 1-1 的用法相對應，表示讓某人留在原來的地方。

● 田村は妻を故郷に残して東京へ出て行った。
／田村把妻子留在老家，到東京去了。

● 放課後学生を残して大掃除をさせた。
／放學以後，留下學生大掃除。

● 労働者たちを九時まで残して働かせた。
／把工人留下工作到九點。

2 與残る 1-2 的用法相對應，表示人們有意識地留下、剩下某種東西。

● すいかを残さないでください。
／請不要把西瓜留下來。

- 御馳走を残しておいた。
/留下了一些餐點。

- 毎月少しずつお金を残している。
/我每個月多少會存一些錢。

它很少用於自然現象，因為自然現象不是人們意識所能左右的。因此下面的說法是錯誤的：

× 山に雪を残している。

3 與残る 1-3 的用法相對應，用於抽象比喻，也表示留下。

- 彼は死後に立派な名を残した。
/他死後留下了美名。

- 大きな功績を残して死んでいった。
/留下了偉大的功績死去了。

---

74 のびる、のばす

①のびる（伸びる、延びる）（自、上一）

1 表示某種東西的長度長長，距離、時間等拉長、延長。但用於時間多寫作延びる。

● 髪の毛が伸びた。
／頭髮長長了。

● 夏の暑い時は、レールが少し伸びる。
／夏天熱的時候，鐵軌多少會長一些。

● この道は海岸まで伸びた。
／這條路延長到了海岸。

● 春になって日が延びた。
／到了春天，白天的時間變長了。

2 表示草木或人長高。

● 昨年植えた木がずいぶん伸びた。
／去年種的樹長了好高。

● 雨が降って草が伸びた。
／下了雨，草長長了。

● 弟は背が伸びて、私と同じような背丈になった。

／弟弟長高了，變得和我一樣高。

由於草木、人的長高，不是人們意志所能左右的，因此他動詞伸ばす沒有和它相對應的用法。

3表示某些東西的紋路展開，伸縮的東西拉長

● 目の皺が伸びた。

／眼角的皺紋舒展開了。

● ゴムが伸びてしまったので取り替えなければならない。

／橡皮筋拉鬆了，必須更換一下。

4引申用於抽象比喻，表示勢力擴大，能力發展等。

● 力・国力・学力・能力が伸びる。

／力量・國力・學力・能力提高。

● 最近、電気器具の生産高がだいぶ伸びている。

／最近家電用品的產量增加了許多。

● あの生徒はまだまだ伸びる将来性のある子だ。

／那個學生是一個很有發展潛力的孩子。

2 のばす（伸ばす、延ばす）（他、五）

它是與自動詞のびる相對應的他動詞，含有使…的意思。

1 與伸びる_の1-1的用法相對應，表示將長度、距離、時間延長、拉長。用於時間時要寫作延ばす_の。

● 髪_{かみ}の毛_けを伸ばす_の。
／把頭髮留長。

● 会議_{かいぎ}の時間_{じかん}を一時間_{いちじかん}延ばす_の。
／將會議的時間延長一小時。

● バス線路_{せんろ}を海岸_{かいがん}まで伸ばす_の。
／將公車的路線延長到海岸。

● 足_{あし}を伸ばす_の。
／伸腳。

● 体_{からだ}を伸ばす_の。
／舒展身體。

● アンテナを伸ばす_の。

2 表示將彎曲、摺疊著的東西拉開、伸開。自動詞伸びる_の沒有和它相對應的用法。

3 與伸びる 1-3 的用法相對應，表示撫平皺紋、拉開收縮的東西。

● 着物の皺をアイロンで伸ばす。
／用熨斗熨平衣服的皺紋。

● ゴムを伸ばす。
／把橡皮筋拉長。

4 與伸びる 1-4 的用法相對應，用於抽象比喻，表示擴大、發展勢力、能力等。

● 力・国力・学力・能力を伸ばす。
／發展力量・國力・學力・能力。

● 科学家の才能を伸ばさないと、科学は発展できない。
／不提升科學家的才能，科學是不會有發展的。

75 のる、のせる

1 のる（乗る、載る）（自、五）
／拉長天線。

1 表示有情物即人或其他動物從低處爬、上到高處。

● 椅子の上に乗って柱に釘を打った。
／爬到椅子上，在柱子上釘了釘子。

● 体重計に乗って体重を計りなさい。
／請踩上體重計，量一量體重。

● その箱の上に乗ってはいけません。
／不要爬到那個箱子上。

2 表示有情物即人或其他動物乘、騎、坐交通工具等。

● 毎日電車に乗って学校へ行く。
／毎天坐電車上學。

● 日本から船に乗ってきた。
／從日本搭船回來了。

● チンパンジーは自転車に乗ることができる。
／黑猩猩會騎腳踏車。

3 表示報章雜誌登載某種消息；或書籍載錄某種內容。

彼の書いた小説は今月号の「文芸春秋」に載っている。

／他寫的小說在這個月的《文藝春秋》雜誌上刊登。

その記事が読売新聞にも載った。

／那個報導也登在《讀賣新聞》上。

この言葉は辞書にも載っていない。

／這個詞連字典裡都沒有。

4 引申用於抽象比喻，表示和著拍子唱歌或跳舞。

リズムに乗って踊る。

／和著拍子跳舞。

手足がうまくリズムに乗っている。

／手腳很靈活地和著拍子。

5 也是抽象比喻用法，表示乘著氣勢，即乘勢、借勢。

勝ちに乗って一気に攻め込んだ。

／乘勝一鼓作氣攻了進去。

景気の波に乗って大儲けをした。

6 乗る 還含有乗ることができる（能夠載）的意思。此時不用乗られる。

● トラックが小さいから、もうこれ以上 載らない（×載られない）。
／因為卡車小，所以沒辦法再裝了。

● 詰めればもっと載るだろう（×載られるだろう）。
／擠一擠的話，還能再裝吧。

② **のせる**（乗せる、載せる）（他、下一）

它是與自動詞乗る相對應的他動詞。

1 與乗る 1-1 **的用法相對應**，表示將某種東西往高的地方放，即放上去。

● 荷物を網棚に乗せる。
／把行李放到網架上。

● この上には何も乗せないようにしてください。
／請不要在這個上面放任何東西。

2 與乗る 1-2 **的用法相對應**，表示讓人坐車、船或將某種東西裝到車船上。

／乗著景氣繁榮之勢，賺了大錢。

● 運転手はよろこんで客を乗せた。
／司機很高興地讓客人上了車。

● そのフェリーボートは自動車を乗せる。
／那艘貨輪也運送汽車。

● 機械を特製の大きいトラックに乗せて運んだ。
／把機器裝入特製的大卡車中搬運。

3 與乗るの的用法相對應，表示報章雜誌登載、刊登某項消息、記事；或書籍收錄某些內容。

● あの雑誌は普通の論文を載せない。
／那本雜誌不刊登一般的論文。

● 夕刊は面白い記事を載せてくれる。
／晚報刊登了有趣的報導。

4 與乗るの的用法相對應，表示使…和著拍子唱歌跳舞。但使用時機較少。

● ギターに乗せて歌う。
／和著吉他唱歌。

5 與乗（の）る1-5的用法相對應，用於抽象比喻，表示使…乘著氣勢等，但較少用。

● 勢（いきお）いに乗（の）せる。
／乘勢。

但沒有乗（の）る1-6的用法，即不含有可能的意思，因此要表示可能時，仍要用乗（の）せられる、乗（の）せることができる。

● トラックが小（ちい）さいから、もうこれ以上（いじょうの）載せられない（×載（の）せない）。
／因為卡車小，所以沒辦法再裝了。

● 詰（つ）めればもっと載（の）せられるだろう（×載（の）せるだろう）。
／擠一擠的話，還能再裝吧。

◉ は

76 はいる、いれる

①はいる（入る）（自、五）

1 **表示人或某種東西（包括具體的與抽象的）從外面進入裡面。**

● 中へ入ってお茶でも上がりなさい。
／請進來喝杯茶！

● このごろ、大学を出て経済界に入る人が多い。
／最近大學畢業進入商場的人很多。

● 電車がホームに入ってきた。
／電車進站了。

● 風が入らないように窓を閉めなさい。
／請把窗戶關上，不要讓風吹進來。

2 表示得到某種東西。相當於中文的得到、弄到手、收入。

● 彼はアルバイトで毎月五万円ぐらい入ります。
／他打工每個月收入約五萬日元。

● いい薬が手に入った。
／我買到了好藥。

● 新しい情報が入った。
／收到了新情報。

● そんな噂が耳に入った。
／聽到了那種傳聞。

3 表示進入某種狀態。

● 彼はこんな仕事に身が入らない。
／他無法讓自己投入這樣的工作。

● これからこの問題の中心に入る。
／現在開始進入這個問題的核心。

4 它含有可能的意思，因此主語是無情物時，只能用入る表示可能進去，而不用入れる。

● 大きな鞄なので、もっと入る。
／是一個大的手提包，還能再裝更多進去。

● 瓶の口が小さくて入らない。
／瓶口小，裝不進去。

／因為已經成年了，可以進那家電影院。

● 成人に達したので、もうあの映画館に入れる。

但主語如果是有情物，表示可能時，則要用入れる。

● 穴の入り口が狭くて、大人は入れない。
／洞口太小，大人進不去。

上述兩個句子不能用入る和入られない。

② いれる（入れる）（他、下一）——

它是與自動詞入る相對應的他動詞。

1 與入る 1-1 的用法相對應，表示使人或物（具體或抽象的）從外進到裡面。相當於國語的讓…進入。

● 留守の間に、うちには誰も入れないようにしてください。
／我不在的時候，請不要讓任何人進到屋裡。

● 子供を慶応大学に入れましょう。
／讓孩子進慶應大學吧。

● 部屋に風を入れましょう。
／讓風吹進屋裡吧！

2 與入る 1-2 的用法相對應，表示獲得、得到某種東西。

● 彼はアルバイトで毎月五万円ぐらいのお金を手に入れることができます。
／他打工每個月可以收入約五萬日元。

● 私もそんな噂が耳に入れた。
／我也聽到了那樣的傳聞。

3 與入る 1-3 的用法相對應，表示進入某種狀態。

77

はえる、はやす

1 はえる（生える）（自、下一）

表示花草、樹木以及牙齒、鬍鬚等長、生長。相當於中文的生、長、生長。

木・草・きのこ・こけ・かびが生える。
／長樹・草・蘑菇・青苔・霉。

歯・羽・毛・ひげ・髪が生える。
／長牙・羽毛・毛・鬍鬚・頭髪。

● 瓶の口が小さくて入れられない。
／瓶口小，裝不進去。

大きな鞄だから、もっと入れられる。
／是個大手提包，所以還能再裝更多。

● 它沒有入る1-4的用法，即不含有可能的意思。因此表示可能時，要用入れられる。

彼は勉強に身を入れていない。
／他不專心用功。

● 雑草<ruby>ざっそう</ruby>が生<ruby>は</ruby>えているから抜<ruby>ぬ</ruby>かなくてはならない。

／長了雑草，不拔是不行的。

● 沙漠地帯<ruby>さばくちたい</ruby>だから、木<ruby>き</ruby>が一本<ruby>いっぽん</ruby>も生<ruby>は</ruby>えていない。

／因為是沙漠地區，一棵樹也不長。

● 風<ruby>かぜ</ruby>が通<ruby>とお</ruby>らないから、壁<ruby>かべ</ruby>にはかびが生<ruby>は</ruby>えた。

／因為不通風，牆上長了霉。

● あの男<ruby>おとこ</ruby>はひげがたくさん生<ruby>は</ruby>えている。

／那個男的長著許多鬍子。

● 牡鹿<ruby>おじか</ruby>は成育<ruby>せいいく</ruby>すると、角<ruby>つの</ruby>が生<ruby>は</ruby>える。

／公鹿長大以後就會長角。

② **はやす**（生<ruby>は</ruby>やす）（他、五）

　它是與自動詞生<ruby>は</ruby>える相對應的他動詞，含有使…的意思，表示使…生長。但它的使用時機

　沒有自動詞生<ruby>は</ruby>える那麼廣，一般來說它的動作對象即受詞只有下面幾個。

● 草<ruby>くさ</ruby>・角<ruby>つの</ruby>・ひげを生<ruby>は</ruby>やす。

／讓草・角長起來。留鬍鬚。

而用生える時，還可以用下面的説法，但不能用生やす。

● 木・歯・羽・髪が生える。
／長樹・牙・羽毛・頭髪。

✕ 木・歯・羽・髪を生やす。

● 雑草を生やすと、作物はもう生えなくなる。
／長了雜草的話，農作物就無法生長。

● あの角を生やした動物は何という動物ですか。
／那個長著角的動物叫什麽名字？

● おじいさんはひげをたくさん生やしている。
／爺爺留了很多鬍鬚。

78 はがす、はぐ、はげる

三個詞的漢字都是剝字，其中剝がす、剝ぐ是他動詞；剝げる是自動詞，都含有剝掉的意思。但自他對應的關係複雜。

1 はがす（剝がす）（他、五）

表示用手或某種工具剝、剝下、揭下黏（貼、塗、釘）著的東西。

● ポスター・切手・障子紙・膏薬などを剝がす。
／撕下海報・郵票・拉門紙・膏藥。

● 壁に貼ってあるビラを剝がす。
／揭下貼在牆上的傳單。

● ペンキを剝がして新しく塗る。
／刮掉油漆重刷。

引申用於抽象比喻，表示摘掉假面具。

● 仮面を剝がす。
／剝掉假面具。

2 はぐ（剝ぐ）（他、五）

● 木の皮・果物の皮を剝ぐ。
／剝樹皮・水果皮。

也是他動詞，但與剝がす稍有不同，主要是適用對象不同：剝ぐ表示剝掉、撕掉動、植物等的皮。

● 蟹の殻・えびの殻を剥ぐ。

／剝螃蟹殼・蝦殼。

● 布団・着物を剝ぐ。

／掀被子・脫衣服。

引申用於抽象比喻，表示剝掉臉皮、撤銷官職。

● あいつの面の皮を剝いでやりたいものだ。

／我真想摘掉他的假面具。

● その事件で彼は官位を剝がれた。

／由於那個事件，他被撤銷了官職。

③ **はげる**（剝げる）（自、下一）─────

它與他動詞剝がす相對應，也是與他動詞剝ぐ相對應的自動詞，含有剝がされる、剝がれる（被動）的意思，表示某種黏著、貼著、塗著、釘著的東西掉了，也表示動植物的表皮掉了。

● 雨で手紙の切手が剝げている。

／因為淋了雨，信封上的郵票掉了。

● ペンキが剝げた。

／油漆掉了。

● お椀の塗りが剥げた。
／湯碗的漆掉了。

● 色が剥げた。
／掉色了。

● 木の皮が剥げた。
／樹皮掉了。

剥げる的時候較少。

儘管它也與剥ぐ的用法相對應，但實際上動、植物的表皮一般是不會自動掉下的，因此用

歸納起來，三者的對應關係如下：

剥がす（他）
切手・ペンキを～。

剥ぐ（他）
木の皮を～。

剥げる（自）
切手・ペンキが～。
木の皮が～。

對應　對應

79 はじめる、はじまる

① はじめる（始める）（他、下一）

表示有意識地開始進行某種活動。

● 仕事・手術・授業・生産を始める。
／開始工作・手術・上課・生產。

● そろそろ仕事を始めましょう。
／該開始工作了。

● 四月から日本語の勉強を始めます。
／從四月開始學習日語。

● 午後二時から会議を始めます。
／從下午兩點開始開會。

② はじまる（始まる）（自、五）

1 與他動詞始める的用法相對應，含有始められる（被動）的意思，表示開始。

● 仕事・手術・授業・生産が始まる。
／開始工作・手術・授業・上課・生產。

● 八時から仕事が始まった。
／從八點開始工作。

● 四月から新しい学期が始まる。
／新學期從四月開始。

2 構成慣用型～ても始まらない，表示…也沒有用。始める沒有此用法。

● 今から薬を飲んでも始まらない。
／現在開始吃藥也沒有用。

● 今更そんなことを言っても始まらない。
／現在再怎麼說，也無濟於事。

80

はずす、はずれる

1 はずす（外す）（他、五）

1 表示有意識地將安好的、裝好的、戴好的東西取下、摘下、脫下、解開等。

● めがね・レシーバーを外す。
／摘下眼鏡・耳機。

● 手袋<ruby>て<rt>て</rt></ruby><ruby>ぶくろ<rt>ぶくろ</rt></ruby>・グローブを外<ruby>はず<rt>はず</rt></ruby>す。
／脫下手套・棒球手套。

● ボタンを外<ruby>はず<rt>はず</rt></ruby>す。
／解開鈕扣。

● 戸<ruby>と<rt>と</rt></ruby>を外<ruby>はず<rt>はず</rt></ruby>す。
／拆下門。

2 表示沒有抓住應該抓住的東西，使之跑掉、漏掉。

● 飛<ruby>と<rt>と</rt></ruby>んできたボールを外<ruby>はず<rt>はず</rt></ruby>してしまった。
／沒有抓住飛來的球。

● タイミングを外<ruby>はず<rt>はず</rt></ruby>してしまった。
／錯失掉了時機。

● こんないい機会<ruby>き<rt>き</rt></ruby><ruby>かい<rt>かい</rt></ruby>を外<ruby>はず<rt>はず</rt></ruby>さないようにしてください。

3 用席を外す 表示離席、離開。

／不要喪失了這樣的好機會。

● どんなことがあったか知らないが、彼は席を外して帰っていった。
／不知道發生了什麼事情，他離席回家去了。

● 課長は今席を外しておりますが、すぐ戻ってきます。
／課長現在不在，一會兒就回來。

② **はずれる**（外れる）（自、下一）

基本含義與他動詞外す用法相對應，但也有不相應的用法。

1 與外す的用法相對應，表示裝好的、安置好的東西，自動地掉下、開等。

1-1 的用法相對應，

● ボタンが外れた。
／鈕扣掉了。

● この戸がよく外れる。
／這扇門經常開著。

● 関節が外れた。
／關節脫臼。

● 汽車がレールから外れて大事故を起こした。
／火車脱軌，造成了重大事故。

2 與外す[1-2]的用法對應，但使用情況稍有不同，基本含義表示失掉、離開，也表示猜錯、沒猜中。

● 話が本題から外れた。
／談話離題了。

● 天気予報は外れることがある。
／天氣預報有時不準。

● 試験に山をかけたが、外れた。
／考試時猜題猜錯了。

● 規則に外れたことをしてはいけません。
／不能違反規定。

外れる没有外す[1-3]的用法，因此下面的說法是不通的。

× 席が外れて帰っていった。

◉ひ

81 ひろげる、ひろめる、ひろがる、ひろまる

四個詞的漢字都是広字，都含有廣大的意思，但其中広げる、広める是他動詞；広がる、広まる是自動詞，它們的對應關係不同，適用的場合也不同。

①　ひろげる（広げる）（他、下一）

用於具體的東西，表示將闔著、包著的東西展開、打開；或將胳臂張開。

- もっと力を入れて傘を広げなさい。
  ／再用點力把傘打開。
- 机の上に本を広げたままどこかへ行った。
  ／桌子上放了本翻開的書，人不知道跑哪去了。
- 彼女は両腕を広げて息子を抱き寄せた。
  ／她張開雙臂把兒子抱到懷裡。

2 表示將空間擴大、道路拓寬。

● 道を広げた。
／把道路拓寬了。

● 店を広げたから、お客さんが多くなった。
／擴展了店鋪，因此顧客多了起來。

3 用於抽象事物，表示傳播傳聞；普及知識、教育等。這時與広める的意思、用法相同，但沒有広める常用。

● 噂を広げる。
／散佈謠言。

● もっと科学知識を広げねばならない。
／科學知識必須更普及。

2 ひろめる（広める）（他、下一）——

它只有広げる 1-3 的含義、用法，表示將某些抽象事物加以擴展、普及。這時雖也可以用広げる，但常用広める。

● 噂を広める（○広げる）。
／散佈謠言。

● 科学知識を広める（○広げる）。
／普及科學知識。

● 民主主義思想を広める（○広げる）。
／普及民主主義思想。

③ ひろがる（広がる）（自、五）

它是與広げる相對應的自動詞，含有広げられる（被動）的意思。

1 與広げる1-2的用法相對應，表示空間的擴大、道路的拓寬等。

● 道路が広がった。
／道路拓寬了。

● 店が広がったから、お客さんが多くなった。
／店鋪擴大了，顧客也多了起來。

2 與広げる1-3的用法相對應，用於抽象事物，也表示擴大、傳播、普及等。

● 噂_{うわさ}がますます広_{ひろ}がった。
／傳聞散播開了。
● 民主主義_{みんしゅしゅぎ}思想_{しそう}が相当_{そうとう}広_{ひろ}がっている。
／民主主義思想相當普及。

但它沒有広_{ひろ}げる 1-1 的用法，因此下面的句子是不說的。

× 傘_{かさ}が広_{ひろ}がる。
× 机_{つくえ}の上_{うえ}に本_{ほん}が広_{ひろ}がっている。

④ **ひろまる**（広_{ひろ}まる）（自、五）────

它是與他動詞広_{ひろ}める相對應的自動詞，含有広_{ひろ}められる（被動）的意思。表示抽象事物的擴大、傳播、普及等等。這一用法也可用広_{ひろ}がる，但使用広_{ひろ}まる的時候更多。

● 民主主義思想_{みんしゅしゅぎしそう}が一層_{いっそう}広_{ひろ}まった。
／民主主義思想更普及了。
● その噂_{うわさ}が相当_{そうとう}広_{ひろ}まっている。
／那個謠言傳得滿城風雨。

歸納起來，四者的對應關係大致如下：

広げる（他）
広める（他）
広がる（自）
広まる（自）

道路を～。
噂を～。
科学知識を～。
道路が～。
噂が～。
科学知識が～。

對應　對應　對應

◉ ふ

82　ふえる、ふやす

1 ふえる（増える）（自、下一）――

表示東西或人數增加。

● 収入・予算・税金・生産が増えた。
／收入・預算・税金・生産增加了。

● 川の水が増えた。
／河水上漲了。

● 運動をしないので、体重はずいぶん増えた。
／因為不運動，體重增加了許多。

● 観光に来る人は毎年増えている。
／來旅遊的人，每年都在增加。

2 ふやす（増やす）（他、五）

它是與自動詞増（ふ）える相對應的他動詞，含有使…増加的意思。表示使東西、人的數量増加。

● 収入・予算・税金・生産を増やす。
／増加收入・預算・税金・生産。

● 毎年（まいとし）本（ほん）を書（か）いて収入（しゅうにゅう）をすこし増（ふ）やしている。
／每年寫書，增加一點收入。

● もっと予算（よさん）を増（ふ）やさないと、やっていけない。
／不再增加一些預算，是維持不下去的。

● その工場（こうじょう）では人（ひと）を増（ふ）やして今（いま）までの二倍生産（にばいせいさん）している。
／那間工廠增加了人力，生產量提高了一倍。

● いろいろな手（て）を尽（つ）くして観光客（かんこうきゃく）を増（ふ）やしている。
／想盡各種辦法增加觀光客。

---

1 ふさぐ（塞（ふさ）ぐ）（他、五）

83 ふさぐ、ふさがる

1 表示將某種東西的空隙等堵住、塞住。

● 穴・出口・隙間を塞ぐ。
／堵住洞・出口・空隙。

● 目・耳・口を塞ぐ。
／閉上眼睛。搗住耳朵。堵住嘴巴。

● 道路・通路を塞ぐ。
／堵住道路・通道。

● 紙で隙間を塞がないと、風が入ります。
／不用紙堵住縫隙的話，風會跑進來。

● みんなの意見に耳を塞ぐことがあってはならない。
／不能對大家的意見充耳不聞。

● バスが故障して道を塞いでしまった。
／公車故障導致交通堵塞。

2 有時用席を塞ぐ，表示占、占住。

● 観衆は席を塞いでいた。

／觀眾把座位全占滿了。

3 用於抽象比喻，表示心情不舒坦。相當於國語的鬱悶、不舒暢、不痛快。

● 何を塞いでいるのだ。
／你為什麼悶悶不樂的呢？

● あの人は病気になってから、気が塞いで、あまり話をしなくなった。
／他生病了以後，總是悶悶不樂變得很沉默。

有時作為慣用語來用。例：

● 責めを塞ぐ。
／敷衍塞責。

② ふさがる（塞がる）（自、五）

它是與他動詞塞ぐ相對應的自動詞，但用法會有不對應的狀況。

1 與塞ぐ 1-1 的用法相對應，表示某種東西的空隙被堵住、被阻塞。

● 穴・出口・隙間が塞がる。
／洞・出口・空隙被堵住了。

● 目（め）・耳（みみ）・口（くち）が塞（ふさ）がる。
／眼睛睜不開。耳朵・嘴被堵住了。

● 道路（どうろ）・通路（つうろ）が塞（ふさ）がる。
／道路・通道被堵住了。

● 隙間（すきま）が全部（ぜんぶ）塞（ふさ）がって部屋（へや）は暖（あたた）かくなった。
／縫隙全被堵住，房間暖和了起來。

● あいた口（くち）が塞（ふさ）がらない。
／目瞪口呆。

◎ へ

84

へる、へらす

① へる（減る）（自、五）

へ
表示人或東西的數量減少。

● このごろ、食事の量が減った。
／最近食量減少了。

● 長い間、雨が降らなかったから、川の水が減った。
／因為長時間不下雨，河水減少了。

● 不景気で仕事が減った。
／由於景氣蕭條，工作減少了。

● このごろ、アルバイトする学生が減った。
／最近打工的學生減少了。

作為慣用語，用腹が減る，表示肚子餓了。

● 朝から重労働をしていたので、腹が減った。

／從早開始做粗活，肚子都餓了。

② へらす（減らす）（他、五）─

它是與自動詞減る相對應的他動詞，是由減る未然形後接せる構成的減らせる變化而來的，含有使…的意思。表示使…減少。

● あんまり太っているから、もう少し食事の量を減らさないといけない。

／因為太胖了，必須再減少些食量。

● 重くて持てないから、少し減らしてください。

／太重了拿不起來，請再減少一些。

● 従業員をもう少し減らしてもいいだろう。

／可以再減少一些員工吧！

● 朝腹が減らす，表示空著肚子。

作為慣用語，也可以用腹が減らす，表示空著肚子。

● 朝腹が減らして学校に来ている子供もいる。

／也有孩子早上餓著肚子上學。

● みんな腹が減らして彼の来るのを待っている。
／大家餓著肚子等他來。

◉ま

85 まける、まかす、まかる

三個詞的漢字都寫作負字，其中負ける是自動詞，也是他動詞；而負かす是他動詞，負かる是自動詞，它們的對應關係比較複雜。

1 まける（負ける）（自他、下一）

1 作自動詞用，表示在戰爭中或運動比賽賭博中輸給對方、敗給對方。

● 戦争に負けた。
／戰敗了。

● 今度の試合に負ければ、もう試合に参加することができない。
／如果這次的比賽輸了，就再也不能參加比賽了。

● 彼はどんな困難にも負けないで研究を続けている。
／有時也表示屈服於某種困難。

/他不屈服於任何困難地研究著。

2 作他動詞用，表示減價、少算。

● 一万円の品を九千円に負けた。
/將一萬日元的商品降價到九千日元了。

● 五千円に負けておきましょう。
/降價到五千日元吧！

● もう少し負けろ。
/再少算一點吧。

② まかす（負かす）（他、五）

它是與負ける 1-1 自動詞相對應的他動詞，表示在戰爭中或在運動比賽中擊敗、打敗對方。

● 一九四五年わが国は日本帝国主義を負かした。
/一九四五年我國擊敗了日本帝國主義。

● これまでの試合で二三回も相手を負かしたことがある。
/在過去的比賽中，曾擊敗過對方兩三次。

● がんばれば相手を負かすことができる。
／加把勁就能夠撃敗對方。

③ **まかる**（負かる）（自、五）

它是與負ける1-2他動詞相對應的自動詞，表示減價、少算。

● もう少し、負かりませんか。
／能再少算一點嗎？

● もうこれ以上負かりません。
／不能再低了。

歸納起來，三者的對應關係大致如下：

負ける（自）　　試合に～た。

負ける（他）　　値段を～てもらう。

負かす（他）　　相手を～た。

負かる（自）　　値段は～ません。

對應　　對應

86 まげる、まがる

① まげる（曲げる）（他、下一）

1 **表示將直的東西弄彎、彎。**

● 釘・ブリキ板を曲げる。

／把釘子・馬口鐵皮弄彎。

● 腰・腕・足を曲げる。

／彎腰・手・腿。

● 足を曲げると少し痛い。

／一彎腿就有點痛。

● 腰をもう少し曲げなさい。

／腰請再彎下去一點。

2 **引申用於抽象比喩，表示歪曲、曲解、放棄。**

● 事実・法・主義・節を曲げる。

／扭曲事實。枉法。放棄主張。屈節。

● 人の意見を曲げてとってはいけない。
／不要扭曲旁人的意見。

● 事実を曲げることはできない。
／不做扭曲事實的事。

● 彼は自分の主張を曲げなかった。
／他沒有放棄自己的堅持。

② まがる（曲がる）（自、五）────

它是與他動詞曲げる相對應的自動詞，含有曲げられる（可能）的意思。它的含義、用法比曲げる要廣。

1 與曲げる的用法相對應，表示直的東西變彎、彎。

● 釘が曲がっている。
／釘子彎了。

● 腰が曲がっている。
／腰彎著。

● 彼_{かれ}の足_{あし}が少_{すこ}し曲_まがっている。

／他的腿有點彎。

● 雪_{ゆき}が降_ふって木_きの枝_{えだ}が曲_まがった。

／下了雪，樹枝彎了。

● 道_{みち}が曲_まがっている。

／道路彎曲著。

最後一個句子，由於是地理情況，所以不能用道_{みち}を曲_まげる。

2 表示換個方向走，相當於國語的拐過去。曲_まげる沒有和它相對應的用法。

● あの角_{かど}を左_{ひだり}に曲_まがるとすぐ郵便局_{ゆうびんきょく}だ。

／在那個轉角左轉，就是郵局。

● 前_{まえ}の車_{くるま}は右_{みぎ}の方_{ほう}に曲_まがるだろう。

／前面的車子會右轉的吧。

3 表示某種東西向某一方向傾斜、歪。曲_まげる也沒有和它相對應的用法。

● 電柱_{でんちゅう}が曲_まがっている。

／電線桿歪了。

- ネクタイが曲がっている。
/領帶歪了。

引申用於抽象比喻，表示心術、行為不正、歪、不正當。

- 彼の心が曲がっている。
/他心術不正。

- それは曲がった行いだ。
/那是不正當的行為。

- 根性の曲がった人だ。
/（他）是一個性情乖僻的人。

87　まじる、まざる、まぜる

三個詞的漢字都寫作混字，都含有混、混雜在一起的意思，其中混じる、混ざる是自動詞；混ぜる是他動詞，對應關係錯綜複雜。

1 **まじる**（混じる、交じる）（自、上一）

它與混ざる意義相近，表示摻混、混雜、混，但兩者使用的場合不同。簡單地說：混じる

多用在較多的人或東西裡，摻混有少數不同種類的人或物；而混ざる則表示數量大致相同的兩種人或物互相混雜在一起。

● この酒に水が混じっている。
／這個酒裡有摻水。

● 米に石が混じっている。
／米裡摻著石子。

● あの人の言葉にはときどき方言が混じる。
／他講話常常夾雜著方言。

● 男の学生の中に女の子が二人混じって勉強している。
／男學生中混著兩個女學生一起讀書。

② **まざる**（混ざる、交ざる）（自、五）───

如前所述，它多用來表示數量大致相同的兩種人或物混雜、摻雜在一起。

● この酒にはずいぶん水が混ざっている。
／這個酒裡摻了很多水。

● 農村にいたとき、よく米と粟が混ざったご飯を食べていた。

③

まぜる（混ぜる、交ぜる）（他、下一）

它既與自動詞混じる相對應，也與自動詞混ざる相對應，表示使兩種東西摻雜、混合起來。

● A組は男の学生と女の学生が混ざっているクラスだ。
／A班是男女合班。

／在農村的時候，經常吃摻了小米的米飯。

● 酒に水を混ぜる店もある。
／也有的店家在酒裡摻水。

● 米に麦を混ぜてご飯を炊きます。
／在米裡摻麥子做飯。

● 李さんは日本語を話すとき、中国語を混ぜるくせがあります。
／李同學講日文的時候，有摻雜著中文的毛病。

歸納起來，三者的對應關係大致如下：

混じる（自）　米に石が〜ている。

混ざる（自）　米と粟が〜たご飯。

混ぜる（他）　米に麦を〜てご飯を炊く。

對應

對應

88 まじわる、まじえる

① まじわる（交わる）（自、五）

1 表示兩種東西摻雜、混在一起。

● 彼は人と交わることを嫌ってる。
／他不喜歡與人來往。

● 友達と交わって仲良くしていこう。
／和朋友一起好好相處吧！

● 朱に交われば赤くなる。
／近朱者赤。

2 表示兩線、兩條道路等相交叉、交。

● 直線④⑧とⒸⒹがⒺ点で交わる。
／直線④⑧和ⒸⒹ在Ⓔ點上相交。

● 二つの道の交わったところに交通巡査が立っている。
／兩條路的交叉處站著交通警察。

3用於抽象比喻，表示人與人交際、交往、來往。

● 新宿は 中央線と山手線の 交わったところにある。

／新宿位於中央線與山手線交叉處。

● 彼と 交わるな。

／不要和他來往！

● あなたと 交わりたいと 願っています。

／我很想和你多交流一下。

● 彼は 今でも 小学校時代の 友だちと 親しく 交わっています。

／他現在仍然和小學時期的朋友保持著密切的連繫。

② **まじえる（交える）**（他、下一）───

它是與自動詞交わる相對應的他動詞，但用法不完全相對應。

1與自動詞交わる的用法相對應，表示將某種東西混雜進去。

1-1

● いかなる個人的な感情を 交えてはいけない。

／不要摻雜個人情感。

／兩條道路的交叉口有交通警察。

● 彼(かれ)は外来語(がいらいご)をたくさん交(ま)えて話(はな)す。
／他說話混雜著許多外來語。

2 **表示將兩種東西交叉起來。這時多構成一些慣用語來用。**

● 膝(ひざ)を交(ま)えて語(かた)った。
／促膝交談。

／交談。

3 **用於抽象比喻，表示人與人相互之間進行某種活動，如交談、交戰。交(ま)わる沒有和它相對應的用法。**

● 言葉(ことば)を交(ま)える。
／交談。

● 戦(たたか)いを交(ま)える。
／交戰。

● 砲火(ほうか)を交(ま)える。
／交戰。

上述兩個動詞雖是自他關係相對應的動詞，但只有1-1、2-1的用法是相對應的，而各自的1-2、2-2與1-3、2-3用法並不對應。

89 まわる、まわす

① **まわる**（回る、廻る）（自、五）

1 **表示某種東西自己轉、轉動、旋轉。**

● 独楽が回る。
／陀螺旋轉著。

● 風車がぐるぐると回る。
／風車不停地轉。

● 水車が回っている。
／水車在轉著。

● 飛行機のプロペラが回りだした。
／飛機的螺旋槳轉了起來。

● 目が回る。
／眼花、頭暈。

也常構成慣用語來用。

- 首が回らない。
/債臺高築。

- 手が回らない。
/騰不出手。

有時表示在…周圍轉、圍繞…轉，這時雖也是自動詞，但多用～を回る。

- 月が地球の周りを回る。
/月亮繞著地球轉。

- 山手線は東京の中心部を回っている電車です。
/山手線是環繞東京市中心的電車。

2 表示某種東西被轉送、被運送到某處。

- その書類は総務課へ回った。
/那份文件送到總務處去了。

- あの手紙は本部へ回った。
/那封信送到總部去了。

3 表示人到各處巡視、巡迴、遊覽。這時雖也是自動詞，但要用～を回る，表示在

某地巡視、遊覽。

● 外国を回ってきた。

／周遊了各國一圏。

● 巡査が夜の町を回って歩く。
じゅんさ　　　よる　まち　　　　まわ　　　ある

／警察在夜晩的街上巡邏。

● 熊が獲物の周りをぐるぐる回っている。
くま　えもの　まわ　　　　　　　　まわ

／熊在牠的獵物旁打轉著。

也表示動物在某物旁轉。

4 表示繞道到另一個地方去。
ゆうじん

● 友人の家を回ったので、遅くなった。
ゆうじん　いえ　まわ　　　　　　　おそ

／因為繞道到朋友家一趟，所以來晚了。

● 学校の帰りに、デパートに回って買い物をした。
がっこう　かえ　　　　　　　　　　まわ　　　か　　もの

／從學校回來的時候，繞道到百貨公司買了東西。

● 新宿へ回ってから帰った。
しんじゅく　まわ　　　　　　かえ

／繞道到新宿一趟才回來。

以上是回る的主要用法。

② **まわす**（回す、廻す）（他、五）

它是自動詞回る相對應的他動詞，但只有一部分用法相對應，其餘的不對應。

1 **與回る 1-1 的用法相對應，表示轉、轉動某種東西。**

● 独楽を回す。
／打陀螺。

● 風車を回す。
／轉動風車。

● 飛行機は発動機の力でプロペラを回す。
／飛機用發動機使螺旋槳轉動。

● 鍵を右に回せば錠が下ります。
／將鑰匙向右轉就上鎖了。

2 **與自動詞回る 1-2 的用法相對應，表示轉送到某處，或按順序傳送到某處。**

● この手紙を事務所へ回してください。
／請把這封信轉送到辦事處。

● 彼は支店に回された。
／他被調到分公司去了。

以上是回す的主要用法。

由於回る 1-3 1-4用法的主語多是人，不可用〜を回す，因此沒有回る 1-3 1-4的用法，所以下面的

說法是不通的。

× 外国を回して帰ってきた。

× デパートを回して買い物をした。

◎ み

90　みつける、みつかる

① **みつける**（見付ける）（他、下一）

一般用Ⓐは Ⓑを見付ける句型，表示某人Ⓐ發現、找到某種東西或某人 Ⓑ 。相當於國語的發現、找到、找。

● 私は無くした鍵を見付けた。
／我找到了遺失的鑰匙。

● 山の上でいろいろ珍しい植物を見付けた。
／在山上發現了許多稀奇的植物。

● 今度電車の中で昔の友達を見付けたが、少し離れたところにいたので、話すことができなかった。
／這次在電車上看到了以前的老朋友，但由於離得有點遠，沒講到話。

● 授業中に小説を読んでいるところを先生に見付けられた。

／上課偷看小說的時候，被老師發現了。

● 彼は今仕事を見付けている。

／他現在在找工作。

● さっき落とした時計を見付けているが、まだ見付からない。

／我在找剛才弄丟的手錶，但還沒有找到。

有時用～を見付けている，表示在找、在尋找。

② みつかる（見付かる）（自、五）───

它是與他動詞見付ける相對應的自動詞，含有見付けられる（被動或可能）的意思。

一般用Ⓑが（は）（Ⓐに）見付かる，表示某種東西或某人Ⓑ被Ⓐ發現、找到；也表示能發現、能找到。

● 無くした鍵は見付かった。

／弄丟的鑰匙找到了。

● 無くなった時計が風呂場で見付かった。

／弄丟的錶在浴室找到了。

● いたずらをして先生に見付かった。
／惡作劇被老師發現了。

● 仕事が見付かった。
／找到了工作。

● 家が見付からない。
／找不到住處。

● 彼は敵に見付かった。
／他被敵人發現了。

● 計算の間違いがやっと見付かった。
／好不容易找到了計算錯誤的地方。

91 みる、みえる

① みる（見る）（他、上一）──

它的基本用法一般用ⒶはⒸを見る句型，表示某人Ⓐ看Ⓒ。相當於國語的看。

● 映画・テレビを見る。

／看電影、電視。

● 工場も見るし、学校も見る。

／既看工廠，也看學校。

● 君はこの問題をどう見るか。

／你怎麼看這個問題？

● ゆうべ不思議な夢を見た。

／我昨晚作了一個奇怪的夢。

● お医者さんに病気を見てもらった。

／（我）請醫生看了病。

② みえる（見える）（自、下一）

1 一般用 © が見える句型，表示看得見 ©。

● ここからあの工場が見える。

／從這裡可以看到那家工廠。

它是與他動詞見る相對應的自動詞，但含義、用法不完全對應。

● 空気が澄んでいるので、富士山が見える。
／空氣乾淨所以可以看到富士山。

● 真っ暗で何も見えない。
／漆黑一片什麼都看不見。

2 用Ⓐは Ⓒが見える 或用Ⓐには Ⓒが見える句型，表示某人或其他動物Ⓐ能夠看見Ⓒ。

● 猫は夜でも物が見える。
／貓在夜裡也能看到東西。

● 僕は眼鏡をかけないと、黒板の字が見えない。
／我要是不戴眼鏡，就看不見黑板上的字。

3 用Ⓐは Ⓑには（或「と」）見える、或用Ⓐは Ⓑのように見える句型，表示某人或某種東西Ⓐ像另外的人或東西Ⓑ。可譯作中文的看起來像…。

● あの人は中国人には見えない。
／他看起來不像中國人。

92　みだす、みだれる

1 みだす（乱す）（他、五）──

1 用於具體的東西，表示將某種東西搞亂、弄亂。

● 髪・列を乱す。
／弄亂頭髮・隊伍。

● 髪を乱しながらかけてくる。
／披頭散髮地跑來。

● 警察どもはデモ行進をする人々の列を乱した。
／警察們拆散了示威群眾的隊伍。

● 彼は病人とは見えない。
／他看起來不像病人。

● あの教会のように見える建物は大学の講堂です。
／那座教堂似的大樓是大學的禮堂。

2 用於抽象事物，表示將某種抽象事物搞亂、打亂、擾亂。

● 秩序・風俗・平和を乱す。
／擾亂秩序・風俗・和平。

● 社会の秩序を乱すのは許さないことだ。
／擾亂社會秩序是不被允許的事情。

● それはまったく風俗を乱すことだ。
／那完全是傷風敗俗的事情。

● 夫の病気のことを聞いて、妻の心はひどく乱された。
／聽說丈夫生病的事，妻子的心情被搞得一團糟。

② みだれる（乱れる）（自、下一）

1 與乱す 1-1的用法相對應，表示具體東西亂。

它是與他動詞乱す相對應的自動詞。

● 風に吹かれて髪の毛が乱れた。
／一颳風頭髮就亂了。

- どういうわけか知らないが、デモ隊の列が乱れた。
／不知道什麼緣故，示威遊行的隊伍亂了。

2 與乱す 1-2 的用法相對應，表示抽象事物的亂、混亂、紊亂。

- 会場の秩序が乱れた。
／會場的秩序亂了。

- あの国は今乱れている。
／那個國家現在很混亂。

- 夫の病気のことを聞いて、妻の心は乱れた。
／聽說丈夫生病的事，妻子的心情很亂。

◉ も

93 もうける、もうかる

1 もうける（儲ける）（他、下一）──

① 一般用Ⓐは（Ⓑを）儲ける句型，Ⓑ多是名詞お金，表示某人Ⓐ賺了錢Ⓑ。相當於中文的賺錢。

● あいつは人を働かせてお金を儲けている。
／那個傢伙讓別人為自己工作賺錢。

● 彼らはお金を儲けるために働いている。
／他們是為了賺錢而工作的。

● 自然災害を利用してお金を儲ける人がいないでもない。
／有的人還利用天災來賺錢。

● 儲けられなければ、誰もこんな商売をしない。
／賠錢的生意沒人做。

2 用 Ⓐ 是 (ⓒを) 儲ける 句型，其中多是時間等抽象名詞，表示某人 Ⓐ 白賺、白撿到了 ⓒ。

● 今日の休みは一日儲けた。
／今天賺到了一天休假。

● 先生が休みだ。儲けた。
／老師沒有來，賺到了。

● キャッチャー・エラーで一点儲けた。
／由於對方捕手的失誤賺到了一分。

② もうかる (儲かる)（自、五）──

儲かる 是與他動詞相對應的自動詞，含有儲けられる（可能）的意思。

1 用 Ⓑ は 儲かる 句型，Ⓑ 是某種商品或お金，表示 Ⓑ 能夠賺錢。

● この商品は儲かります。
／這種商品能賺錢。

● 不況で、ちっとも儲からない。

94 もえる、もやす

① もえる（燃える）（自、下一）

1 用⒝が燃える句型，主語⒝可用火，也可用某種東西，表示某種東西⒝燃燒、燒著，發生火災。

2 用⒜是（ⓒは）儲かる句型，有時省略只用儲かる，表示⒜撿了便宜，或譯作賺到了。

● 税関が免税にしてくれたので儲かった。
／海関讓我免税賺到了。

● 仕事をやらずに済んで儲かった。
／沒有工作也就這麼過了，賺到了。

● お金が儲からなかったために、借金も返せなかった。
／由於賺不到錢，欠的債也還不了。

／由於經濟蕭條，根本賺不到錢。

火が燃えている。
／火燃燒著。

落ち葉が燃えている。
／落葉在燃燒著。

水素が燃えてヘリウムになる。
／氫氣燃燒會變成氦。

家がすっかり燃えてしまった。
／房子全燒光了。

薪が湿っていてなかなか燃えない。
／柴濕濕的，不容易點著。

2用Ⓑが燃える或ⒶはⒷに燃える句型，Ⓑ多是表示感情的抽象名詞，表示某人Ⓐ由於某種感情Ⓑ而燃燒，可譯作中文充滿、滿懷。

心の中で復讐の炎が燃えている。
／心中充滿了復仇的火焰。

彼は故国への愛に燃えてその小説を書いた。

／他滿懷對故國的熱情，寫了那本小說。

● 野村先生は研究への情熱に燃えて、仕事をしている。
／野村先生滿懷研究熱情地工作著。

②もやす（燃やす）（他、五）

它是與自動詞燃える相對應的他動詞。

1 與燃える 1-1 的用法相對應，用Ⓐははて燃やす句型，這時的受詞Ⓑ也是既可以用某種具體的東西，也可以用火。表示某人Ⓐ把某種東西燃燒起來或燒掉。

● 火を燃やす。
／燃起火來。

● 落ち葉を燃やす。
／燃燒落葉。

● 水素を燃やしてエネルギーを取り出す。
／燃燒氫氣，取得能源。

● 薪を燃やして体を暖める。
／燒柴取暖。

● 薪が湿っていて燃やしにくい。
／柴濕濕的，不容易點燃。

2 與燃える1-2的用法相對應，作為抽象比喻用，以Ⓑを燃やす或Ⓐはを燃やす句型，表示某人Ⓐ充滿某種感情Ⓑ。可譯作國語的燃燒、充滿。

● 彼は心の中で復讐の炎を燃やしている。
／他在心中燃燒著復仇的火焰。

● 山田教授は研究への情熱を燃やして仕事をしている。
／山田教授滿懷著研究熱情工作著。

95 もつ、もてる、もたせる

三個詞的漢字都寫作持字，其中持てる是自動詞，持たせる是他動詞；而持つ既可以作自動詞用，也可以作他動詞用，它們的自他對應關係複雜，意義也不相同。

1 もつ（持つ）（自他、五）

它既作他動詞用，也作自動詞用。

1 作他動詞用時，基本用法用Ⓐは Ⓒを持つ句型，表示某人 Ⓐ拿、帶著某種東西 Ⓒ。

● 父は手にペンを持って何かを書いている。
／父親手裡拿著鋼筆在寫東西。

● お荷物をお持ちしましょう。
／我幫你拿行李吧。

● 朝ご飯がすんでから、兄は鞄を持って家を出た。
／吃完早飯，哥哥就提著包包出門了。

2 作自動詞用，用Ⓑが持つ句型，表示某種東西 Ⓑ保持、持久、支持。要根據句子的前後關係譯成中文。

● 毎晩四、五時間眠れなければ体が持たないだろう。
／每天晚上沒睡個四、五小時，身體會支撐不住的吧！

● 暑いから、この魚は明日まで持つまい。
／天氣太熱了這魚放不過明天。

● 冷蔵庫に入れないと、肉は一日も持たない。
／不放進冰箱的話，肉一天就壞了。

- あの会社はあなたの力で持っているようだ。
  ／那間公司好像是靠你在撐的吧。

②もてる（持てる）（自、下一）──

1 與持つ1-1的用法相對應，用（Ａは）Ｃが持てる句型，表示持つことができる，即能拿、能有。

- 荷物が重くて、一人では持てない。
  ／東西太重，一個人拿不動。

- 筆の持てる人はみな署名した。
  ／有筆的人都簽名了。

2 Ａは持てる句型，表示Ａは人気があっていい持てなしを受ける，即Ａ很受歡迎。

- あの俳優は女学生に非常に持てるという。
  ／據說那個演員很受女學生歡迎。

- 彼は女にとても持てるので、僕は焼けてしかたがない。
  ／他很受女生歡迎，我除了嫉妒還是只能嫉妒。

● 彼 (かれ) はどこへ行 (い) っても持 (も) てる。

／他無論到哪裡去，都很受人歡迎。

③ **もたせる**（持 (も) たせる）（他、下一）

1 作為連語來用時，是在他動詞持 (も) つ的未然形後接使役助動詞せる構成的，它表示使…拿著。

● 重 (おも) いから若 (わか) い人 (ひと) に持 (も) たせましょう。

／太重了，讓年輕人拿吧！

2 作為一個單詞來用時，與持 (も) つ¹⁻²自動詞用法對應，用Ⓑを持 (も) たせる句型，表示使Ⓑ持久、維持。

● 冷凍 (れいとう) して魚 (さかな) を持 (も) たせる。

／冷凍保存魚的鮮度。

● 母 (はは) を注射 (ちゅうしゃ) で持 (も) たせている。

／母親靠打針來維持生命。

歸納起來，三者的對應關係如下：

持つ（他）　鞄を～。

持つ（自）　魚は～ない。

持てる（自）　鞄が～。

持たせる（他）　魚を冷凍して～。

持てる（自）　彼は女に～。

對應　對應

96 もれる、もる、もらす

1 もれる（漏れる）（自、下一）——

1 表示某種東西從某處漏出。它的特點：①這些東西（即動作主體）多是沙子、氣體（如煤氣）、聲音、光線或液體（但漏雨很少用漏れる）；②它強調漏出的東西，因此多以漏出的東西作主語。

● 話し声が窓の外へ漏れて聞こえた。

／講話的聲音傳到窗外來了。

● ガスが漏れている。
／瓦斯外洩了。

● 朝日の光が木立の間から漏れて部屋に差し込んだ。
／早晨的陽光穿過樹叢，照射到房間裡。

● タンクから石油が漏れている。
／石油從油罐中漏了出來。

2 表示機密洩漏出去。

● 秘密が漏れた。
／秘密洩漏了。

● この事件が漏れて、大きく世間に伝わった。
／這事件洩露出去，社會大眾都知道了。

3 表示從許多人當中漏掉某一個人。

● 名簿に彼の名前が漏れている。
／名單上漏掉了他的名字。

● あの選手に今年のベスト・テンから漏れてしまった。

／那個選手今年沒有進前十名。

②　もる（漏る）（自、五）

它的使用範圍沒有漏れる廣。

也表示漏、漏出，但與漏れる不同：①動作主體多用雨水之類的液體，很少為沙子、聲音、光線等；②強調漏的地方，因此除了用水、雨水等作主語外，多用漏出來的物體作主語。

● 雨が漏って天井からぼたぼた落ちている。

／漏雨了，水從天花板上滴滴答答地往下流。

● これで屋根が漏る心配はない。

／這樣一來，就不用擔心屋頂漏水了。

● 水道の栓がよくしまらないので、水が漏っている。

／水龍頭沒關緊，水都漏出來了。

● この靴は水が漏ってもう履けない。

／這雙鞋會漏水，不能穿了。

● このバケツは少し漏るようだ。
／這個水桶，好像有點漏水。

它沒有與漏れる相近的抽象比喩用法。

③ **もらす**（漏らす）（他、五）──

它是與自動詞漏れる、漏る相對應的他動詞。

1 與漏れる1-1、漏る的用法相對應，表示使水、聲音、光線等漏出去。

● 水も漏らさぬほどに取り固めている。
／包圍得水洩不通。

● 戦争の時には、夜明かりを漏らしてはいけなかった。
／戰争期間夜裡是不准發出光源的。

● 「あっ」と叫び声を漏らすと、急に逃げ出した。
／「啊」的叫了一聲，就突然逃走了。

2 與漏れる1-2的用法相對應，表示露出某種想法或洩露秘密等。

● 当然不平を漏らす人がいる。
／當然會有人抱怨。

● 秘密を漏らしてはいけない。
／不能洩露秘密。

● 仲間の一人が計画を漏らしたために、運動は失敗してしまった。
／同夥中有一個人洩露了計畫，因此運動失敗了。

● うっかりして彼の名前を漏らした。
／一不留神就把他的名字給漏掉了。

3 與漏れる 1-3 **的用法相對應，表示漏掉某一個人。**

歸納起來，三詞的對應關係大致如下：

漏れる（自）
漏る（自）
漏らす（他）

秘密が～。
水が～。
彼の名前が～。

秘密を～。
彼の名前を～た。
水を～さないほど、

對應　對應　對應

◎

や

97 やく、やける

① やく（焼く）（他、五）──

1 表示加熱燒、烤某種東西。

● 敵は多くの家を焼いた。
／敵人燒了許多房子。

● 父は毎年山の中で炭を焼く。
／父親每年都會去山裡燒製木炭。

● 焼いた薯はうまい。
／烤番薯很好吃。

● 海水浴場へ行って背中を真っ黒に焼いた。
也表示太陽曬黑皮膚。
／去海水浴場玩把背全曬黑了。

2 表示嫉妒。

● 他人の成功を焼いている。

／（他）嫉妒別人的成功。

● 彼女は友だちの結婚を焼いている。

／她嫉妒朋友結婚。

3 引申構成慣用語來用，如手を焼く（難辦、沒辦法）、世話を焼く（照顧）等。

● 子供がいたずらばかりしてまったく手を焼いている。

／孩子們光會搗蛋，簡直拿他們沒轍。

● 彼はもう大人だから、そんなに世話を焼かなくてもいい。

／他已經是大人了，不必那樣照顧他。

②やける（焼ける）（自、下一）

1 與焼く1-1的用法相對應，表示燒或燒得、燒好。

● あの火事で多くの家が焼けた。

／那次火災燒掉了許多房子。

● 魚が焼けた。
／魚煎好了。

● いもが焼けたころだ。
／番薯烤好了。

也表示由於日曬使皮膚變黑。

● 背中が真っ黒に焼けた。
／背都曬黑了。

2 與焼く 1-2 的用法相對應，也表示嫉妒；有時還表示羨慕。

● あの幸せそうな二人を見ると、焼けてしょうがない。
／看到他們兩個人那幸福的樣子，就嫉妒得不得了。

● あの二人をごらんよ、焼けるね。
／你看他們兩個，很令人羨慕吧！

3 引申構成慣用語，但由於它是自動詞，因此用手が焼ける（棘手、沒辦法）、世

話が焼ける（照顧、照料）。

● 本当に手が焼ける子供だ。
／真是令人沒轍的孩子。

● あの病人は体が動かないので、世話が焼ける。
／那個病人身體動不了，需要人照顧。

● 食べすぎて胸が焼ける（胃酸火燒心），但一般不用胸を焼く。
另外它還可以構成胸が焼ける（胃酸火燒心），但一般不用胸を焼く。
／吃太多有點胃食道逆流。

98 やぶる、やぶく、やぶれる、やぶける

四個詞的漢字都寫作破字，都含有破、弄破的意思，但破る、破く是他動詞；破れる、破ける是自動詞。它們適用的場合不同，自他對應關係也不同。

① やぶる（破る）（他、五）──

1 表示將紙、布等較薄的東西撕開、撕破。

● 子供がいたずらをして障子を破った。

／小孩子淘氣，把拉門弄破了。

●怒って手紙をずたずた破ってしまった。

／氣得把信撕得粉碎。

●うっかりして釘で、ズボンを破ってしまった。

／一不留神褲子就被釘子弄破了。

2 表示搞壞、破壞其他的東西。例如：

●垣根を破って庭へ入った人がいるらしい。

／好像有人弄壞了籬笆進到院子裡了。

●泥棒が金庫を破って金を盗んだ。

／小偷弄壞了保險箱，偷走了錢。

●敵の囲みを破って進軍した。

／突破了敵人的包圍向前推進了。

3 用於抽象比喻，表示破壞、打破。

●力の均衡・平和・静けさ・夢を破る。

／破壞力量的平衡・和平・寂靜・夢想。

- 記録を破る。
/打破紀錄。

4 也用於抽象比喻，表示擊敗對方。
- 戦争によって平和が破れた。
/由於戰爭，破壞了和平。
- 今度のサッカーの試合で三対二で相手を破った。
/在這次的足球比賽中，以三比二擊敗了對方。

② やぶく（破く）（他、五）─────

它是將破る與裂く兩者混合起來造的動詞，現在已被普遍使用。

1 與破る1-1的意思、用法相同，表示將紙、布等較薄的東西撕開、撕破。
- 彼は怒って手紙を破いてしまった。
/他生氣得把信給撕了。
- ナイフは服を破いて（○破って）胸に刺さった。
/刀子穿過了衣服，刺到胸口了。

它沒有破る 1-2 1-3 1-4 的含義、用法。

③ **やぶれる**（破れる）（自、下一）

它是與他動詞破る相對應的自動詞。

1 與破る 1-1 的用法相對應，表示紙、布等薄的東西破。

● 障子紙が破れていてみっともない。
／拉門的紙破了不好看。

● 紙袋が破れて中の米がこぼれてしまった。
／紙袋破了，裡面的米灑了出來。

● 丈夫な靴下だから、いくら履いても破れません。
／是一雙結實的襪子，怎麼穿也不會破。

2 與破る 1-2 的用法相對應，表示其他堅固的東西壞了。

● 垣根が破れた。
／籬笆壞了。

● ガス管が破れた。
／瓦斯管壞了。

3 與破る 1-3 的用法相對應，用於抽象比喻，表示破、破裂等。

● 縁談・交渉・話し合いなどが破れた。

／親事・談判・交渉・協商等告吹。

● そのとき、日本とアメリカとの交渉が破れて戦争になった。

／當時，日本和美國的談判破裂引發了戰争。

但講打破紀錄時，用破る，而不用破れる。

● 記録を破った。

／打破了紀錄。

× 記録が破れた。

4 與破る 1-4 的用法相對應，表示被擊敗。

● 今度のサッカー試合で、Aチームは二対三で破れた。

／在這次的足球比賽中，A隊以二比三的比數輸掉了比賽。

④ やぶける（破ける）（自、下一）──

它是將破る與裂ける兩者混合起來所造的動詞，現在已被普遍使用。

與他動詞破く（やぶ）對應的自動詞，與破れる（やぶ）3-1意思、用法相同，表示紙、布等較薄的東西撕開、撕壞。

● 障子紙（しょうじがみ）が破（やぶ）けていて、みっともない。
／拉門的紙破了，不好看。

● 消（け）しゴムで強く擦（こす）ったら、紙（かみ）が破（やぶ）けてしまった。
／橡皮擦用力一擦，紙就破了。

歸納起來，四者的關係大致如下：

破（やぶ）る（他）　　　夢（ゆめ）を〜った。
破（やぶ）く（他）　　　障子紙（しょうじがみ）を〜た。
破（やぶ）れる（自）　　夢（ゆめ）が〜た。
破（やぶ）ける（自）　　障子紙（しょうじがみ）が〜た。

對應　對應

99　やめる、やむ

① やめる（止（や）める）（他、下一）

1 表示停止、終止某種活動。

● 旅行・試合・仕事・討論を止める。

／停止旅行・比賽・工作・討論。

● 騒ぎ・喧嘩を止めなさい。

／不要吵鬧・吵架。

● 外国語は練習を止めると、すぐ下手になります。

／一旦停止練習外語，馬上就退步了。

● 明日は授業を止めて遠足に行きます。

／明天停課出去郊遊。

2 表示戒掉惡習。

● たばこ・酒を止める。

／戒菸・酒。

● 体がよくないから、たばこも酒も止めた。

／因為身體不好，菸、酒都戒了。

3 表示辭掉工作，辭職。

● 野村先生は文部大臣を止めて大学の教授になった。

②やむ（止む）（自、五）

它是與他動詞止める相對應的自動詞，但由於它是自動詞，多用來表示某種自然現象或客觀現象自動地停止、停、終止。

● 雨・風・嵐・雪が止んだ。

／雨・風・暴風雨・雪停了。

● 雨が止んで、青空が見えはじめた。

／雨停了，露出了蔚藍的天空。

● ピアノの音が突然止んだ。

／鋼琴聲突然停止了。

這些情況都不能用止める，只有講人們的某些動作時，可以使用止める、止む。

● 騒ぎ・笑いを止めた。

／停止了吵鬧・笑聲。

／野村老師辭掉了文化部長一職當了大學教授。

● 六十歳になれば、会社を止めなければならない。

／六十歳就必須辭掉公司的工作。

● 騒ぎ・笑いが止んだ。

／吵鬧・笑聲停止了。

● 雨・風が止んだ。

／雨・風停了。

× 雨・風を止めた。

它還可以構成慣用語やむをえない（不得已）來用。止める不能這麼用。

● 万一やむをえない時でなければ彼らにこの危険を冒させることはしない。

／不到萬不得已的時候，不讓他們冒這個險。

ゆ

100 ゆるめる、ゆるむ

① ゆるめる（緩める）（他、下一）

1 **表示將繫緊、轉緊的東西放鬆、鬆。**

● 腹一杯食べたから、締めたベルトを少し緩めた。
／吃太飽了，把繫著的皮帶鬆一鬆。

● 堅く縛った縄の結び目は簡単に緩められない。
／繫緊緊的繩結不易解開。

● ねじ回しで、ねじを緩めなさい。
／請用螺絲起子把螺絲鬆開。

2 **引申用於抽象比喩，表示將緊張的心情放鬆、緩和。**

● 先生の冗談半分の話はみんなの心の緊張を緩めた。

／老師半開玩笑的談話，緩和了大家緊張的心情。

● 忙しくて気を緩める暇もない。

／忙得連喘口氣的時間都沒有。

3 也用於抽象比喻，表示放鬆管理程度，降低稅率等。

● 博打の取り締まりを緩めてはいけない。

／不能放寬賭博的取締。

● 政府は税の率をすこし緩めた。

／政府將稅率降低了一些。

4 作為慣用語，用スピードを緩める（放慢速度）。

● 町に入ってから車はスピードを緩めた。

／進入市區以後，汽車放慢了速度。

2 ゆるむ（緩む）（自、五）

1 與緩める 1-1 的用法相對應，表示緊繫著（上著）的東西變鬆、鬆。

它是與緩める相對應的自動詞。

● ねじが緩んでいる。
／螺絲鬆了。

● 靴の紐が緩んだので歩きにくい。
／鞋帶鬆了不好走。

● ネクタイが緩んでいるから、もっとしめなさい。
／領帶鬆了，再繫緊一點。

2 與緩める 1-2 的用法相對應，常用気が緩む、気持ちが緩む，表示鬆懈、鬆弛；也表示將緊張的心情放鬆。

● 入学したばかりの時はみなよく勉強しますが、二三カ月経つと気が緩んで、あまり勉強しなくなった。
／剛入學的時候，大家都很用功，但過了兩三個月就鬆懈起來了。

● 先生の冗談半分の話を聞くと、緊張がだんだん緩んできた。
／聽了老師半開玩笑的談話，緊張的心情也緩和了下來。

3 與緩める 1-3 的用法相對應，表示某些管理情況鬆懈、寬鬆了下來。

● 規律が緩んだ。

／紀律鬆了。

● 警戒が緩んでいる。
／警戒放鬆了。

4 作為慣用語，用スピードが緩む（速度放慢）、寒さが緩む（寒冷趨緩）。

● 町に入ってから、車のスピードが緩んだ。
／進入市區以後，車子的速度就放慢了。

● だんだん寒さが緩んできました。もうすぐ春です。
／漸漸暖和一些了。很快春天就來了。

雖可以用寒さが緩む，但不能用寒さを緩める。

基礎日本語自他動詞(大字清晰版) : 破解自他動詞難點,
強化日語理解力! / 趙福泉著. -- 初版. -- 臺北市 : 笛藤,
八方出版股份有限公司, 2023.02
　　面 ; 　公分
ISBN 978-957-710-887-6(平裝)

1.CST: 日語 2.CST: 動詞

803.165　　112001119

大字清晰版

基礎日本語

自他動詞

2023年3月2日　初版第1刷　定價380元

著者	趙福泉
編輯	劉育秀・洪儀庭・陳亭安
封面設計	王舒玗
總編輯	洪季楨
編輯企畫	笛藤出版
發行所	八方出版股份有限公司
發行人	林建仲
地址	台北市中山區長安東路二段171號3樓3室
電話	(02) 2777-3682
傳真	(02) 2777-3672
總經銷	聯合發行股份有限公司
地址	新北市新店區寶橋路235巷6弄6號2樓
電話	(02)2917-8022・(02)2917-8042
製版廠	造極彩色印刷製版股份有限公司
地址	新北市中和區中山路二段380巷7號1樓
電話	(02)2240-0333・(02)2248-3904
印刷廠	皇甫彩藝印刷股份有限公司
地址	新北市中和區中正路988巷10號
電話	(02)3234-5871
郵撥帳戶	八方出版股份有限公司
郵撥帳號	19809050